潮新書

三浦瑠麗
MIURA Lully

私の考え

856

新潮社

はじめに——人生は一回限り

物を書く仕事を始めるにあたってモチーフにした「山猫」は、宮沢賢治の童話、『注文の多い料理店』から拝借した。狩りの途中で森の奥に迷い込んだ紳士二人組が、お洒落なレストラン「山猫軒」を見つけて入って行く。西洋料理食べたさに上着を脱ぎ、体にクリームを塗りこんだりしているうちに、ようやっと自分たちが山猫に食べられようとしていることに気づく。子どもが小さいうちに読み聞かせた絵本の挿絵では、紳士たちが恐怖に慄《おのの》いてギャーッと白目をむいている。子どもは、こわい、こわい、と言いながらも夢中で見ていた。

人間は、自身が真実を突き付けられる恐ろしさを、皮肉や風刺を交えて楽しむ傾向にあるようだ。賢治にとって、鉄砲をかついで狩りに出て自分が山猫に食べられそうになる紳士二人組は、気取ったしょうもない人間であると同時に自分の一部でもあっただろうと思う。そんな意味も込めて、「人を食った」評論ができたらいいなという思いを掛けてみた。

日本の政治の世界は、評論する分にはまあまあ面白い。とはいえ、普通の人から見たら、政治に没入している人びとをはたから眺めていても面白くもなんともないだろう。自分の独立と自由が大事な人間にとっては、やっかいな政治を遠ざけることの方がかえって自然な生き方なのかもしれない。

だが、気づけば私は論壇という世界にいる。それは、私がもともと本を書こうと思った戦争や軍をめぐる事象が、政治化されやすい世界だったからかもしれない。安保は、常にイデオロギー的な対立をはらんでいる。本人がニュートラルに「当たり前」の議論をしているつもりでも、あっというまに生々しい政治の領域へと踏み込んでしまうのだ。

政治にかかわる評論はしんどいものでもある。政治や行政に巣くう欺瞞や誤魔化しを指摘し、常識に疑問を投げかける。そこに立ちはだかるのは生身の人間だったりするわけだから、人間関係もしんどい。叩く側が、叩かれている側も生身の人間であることに気づかないでハンマーを振り下ろしているうちは、ずいぶんと気楽だろう。もっとも典型的な悪にみえる「利権」ひとつとっても、実際にはそれで食べ、食べさせている人間がいるわけだから。

だからこそ、まずは政治にかかわる選択を私たちがくだす前の構造を分かりやすく示し、タテ（歴史的比較）とヨコ（各国比較）の構造をつまびらかにしようと心を砕いてきた。物事をあちらとこちらにぴしっと整理したあとは、人びとの自由な決断があっていい。こうでなければいけない、というのは私の正義感と価値観にすぎないのだから。

ただ困ったことに、こういった態度を続けていくとどうもひとりぼっちになりがちだ。自由であることには代償が伴う。

けれども人生は一回限り。人間、迷ったら本音を言うしかない。

私の考え　目次

第1章　女が戦争を語るということ

怖がっているだけではわからない

私のデビュー作は、民主国家が行う戦争の研究だった。二〇一二年に岩波書店から『シビリアンの戦争』という本を出した。民主国家では軍が暴走した例はほとんど見つからず、むしろ政治家や市民が嫌がる軍を戦争に引きずっていく構図のほうが特徴的だという内容だった。三〇〇〇円以上もする本で、堅すぎてほとんど売れないかと思ったが、ありがたいことに相変わらず刷られ続けている。おそらく、その理由は「軍は暴走する」「市民は平和的だ」という通説が根強かったために、私の立論に意外性があったからではないだろうか。

戦前、東京大学は東京帝国大学だった。当時の学者の中には戦争を主導した人もいて、そうした過去への反省から、日本の学術界は平和勢力であり続けることを幾度も誓ってきた。東大では、戦後すぐ南原繁総長の時代に「軍事研究に従事しない、外国の軍隊の研究は行わない、軍の援助は受けない」という原則が表明された。

一九六〇年頃の安保闘争の時代には、大学の評議会や総長による宣言として、軍事研究を行わないという方針が幾度か確認されている。ところがその裏で、「戦略論」「戦争論」といった用語を用いた講座が、政治学や経済学において行うことすらもできないなど、言葉狩りにも等しい状況が生まれてしまったと聞く。

平和を考える学問は、戦争の研究をしないと成り立たない。歴史学やジャーナリズムの助けを借りながら細かな史実を掘り起こして分析を加えることで、はじめて教訓を結晶化することができる。ありとあらゆる戦争は悪である、という結論から始めるのではなくて、何がどのように悪であったのか、どうしてそこに陥ったのかをつぶさに分析することが、平和への道だと思っている。

もちろん、そうした認識は安保闘争が収まるとともにだんだんと広がり、東大でも「戦略論」や「戦争論」が開講できるようになったのだが、やはり一部には軍事研究をやるなんて、と斜めに見るような雰囲気は残っていた。引退した元官僚が教えに来る講座はあっても、退役軍人にあたる元自衛官が講演をすることはなかった。

それは、日本だけの問題ではないのかもしれない。軍人が尊敬を集めるとされるアメリカでも、昔から軍に対する反感、あるいは差別感情というものが存在する。

差別感情や無関心さの何がいけないかと言ったら、一番は、人の目を曇らせることだ。共感の不足は無関心につながり、無関心は民主的制度を蝕む。そもそも、なんでこんなテーマに目を付けたのかということをよく聞かれるが、別に私は戦争に勝つ方策や兵器に詳しくなりたいわけではなかった。ただ、軍の実態から距離を置き、そういった物事を知らないことが「本流」だという感覚が嫌だったのかもしれない。そして、「市民は平和的だ」という通説が思い込みであることに気づいてからは、何らかの責任感を感じたことも確かだった。

平和のためには軍を締め付けるべきだ、といういわゆる「常識的」な目線で見たときに、まるで理解できない戦争がイラク戦争だ。常識そのものが違うんじゃないか、と思った。だから、仮説を真逆にして事実をたどりなおした、あの判断ができてよかったと思う。

常識を疑う思考は、皆と同じではないところから生まれたりするものだ。小学生の頃、心理学者の父親が防衛大学校に赴任した。父が自衛官になっていく学生を教える中で、私の日常にも彼らの話題が忍び込み、少しずつ、自衛隊員になる若者の実態が分かってきた（遠泳が本当にしんどいこととか）。そんな身内感は重要なのかもしれない。線を引いた向こう側の、自衛官が「怖い人たち」で、安保が「怖い話」である限り、認識が深まらないのは当然なのだから。

（2017・3・16）

唇をそっと閉じてみる

北海道のルスツリゾートに行ってきた。日本版ダボス会議を目指して開催されているG1サミットというイベントだった。会場は風変わりなオーラを纏った押し出しの良い男性ばかりで、人見知りの私は隠れるようにしてやるべきことだけをやって帰った。

空港からタクシーに揺られていく雪道は長かった。前日は夕食と二次会があり、翌日は友人の結婚式で、日帰り強行軍。なんで来ちゃったんだろう……と思いながらスマホを取り出し、電波が繋がらなくなって久しいことを確認してまた挫けた。前日に飲んだワインがまだだいぶ体内に残っているようで、体幹が定まらない。しかも三連休に一人で出張するなんて。

依頼された討論のテーマは憲法改正だった。何を話そうか、と考えた。憲法を変えるべきかそうでないかという神学論争を繰り広げても目新しさはないだろう。憲法を素直に読めば、誰もが自衛隊は違憲だと思うはず。その一方で、日本は平和国家でなければならないという自画像自体は国民の多くが共有している。平たく言えば、誰も他国を侵略したくない。ならば、軍を持っていることを認めたうえで、他国を侵略しないという国是を守ればいいのではないか。日本人が憲法をそのまま放っておいた理由は、究極的には軍的なるものに対する関心のなさだと思っている。

けれども、その無関心には実害が伴っている。「必要悪」として存在を許容し、細かな問題を見ないふりをしている限りは、自衛隊の抱える問題も目に入らない。自衛隊にまつわる面倒な問題に直面すると億劫になる人が多いのは事実だ。憲法が禁じている特別裁判所に当たる軍事法廷の必要性を考えたり、隊の士気にかかわるような労働条件を見直したりすることは、特段格好いいテーマではない。

目を背けるのは関心がないから。無関心は愛の対極だ。

だからこそ、自衛隊の問題をわがこととして考えてみるための土台としていま議論しなければいけないのは、自衛隊のシビリアン・コントロール（文民統制）だと思った。

シビリアン・コントロールとは軍人を文民の決定に従わせること。統制を強化しようとして現場をマイクロマネジメントすれば、安全保障に悪影響が出る。『シン・ゴジラ』でも現場を尊重する政治家が肯定的に描かれていたが、そうした現場主義に置き換えれば納得のいく話だ。だが逆に、安全保障上の配慮にばかり偏ると、防衛の素人が口を出すな！となりがちで、民主的な意思が損なわれることもある。いったい何のために何を守っているのかわからないような、巨大な軍事国家になってしまう可能性さえある。

だから、私たちは「安全保障」と「民主的な価値」を両立させるアートを磨かなければならない。日本人はこういうジレンマを正視するのが不得手なのだろう。ジレンマは解けないのが当たり前。両方の価値の間に絶妙なバランスが必要であることを自覚するところに意味があるのだが、その気持ち悪さに耐え切れず、無理に問題を解こうとする人が多い。そうすると、偽りの解にたどり着いてしまう。

偽りの解の一つのかたちは、あらかじめ一方を諦めてしまうこと。民主的なプロセスなど危機のときには役に立たないのだから、いざとなったら現場に任せりゃいいんだとか、ジレンマのもう片一方について深く考えないで済むように、自分が正しいと思う論理を直線的に積み上げる態度。安全保障に関心がある人と、民主主義に関心がある人では、言うことが違う。前者は結論を先取りしてプロセスの議論を怠る。後者は民主的プロセスを一つでも踏み誤るといかに危険かということしか語らない。この相互「論破」を続ける限り、議論はいつまでたってもかみ合わず成熟しないだろう。

周囲の議論が熱しすぎたときは、自分の唇をそっと閉じてみる。そして実在の人間たちのことを思う。勝ち負けでなく、現実のジレンマの方へ、もう一度振り向いてみるために。

（2017・4・13）

人間としての官僚のあやまち

ある晩、さる外交官の方を任地に送り出す歓送会に行ってきた。途中で帰るつもりが随分と長居をしてしまった。結束力の固い組織で築かれた絆は、ファミリーのようなもの。そこにおける同志は、家族よりも圧倒的に多くの時間を共に過ごした人びとだ。そんな席の端っこで、親友にとって大切な「家族」を送る会に参加しながら、ついついお酒が進み、話し込んでしまったのだった。

この家族感覚は、多くの会社勤めの人についても言えることだろう。私は職業柄、どちらかと言えばいつもひとりぼっちだが、羨ましさ半分、自分にはやはりできないなという気持ち半分で、組織に属する人たちと接している。

日本には、いい人を抱えるいい組織がたくさんある。不思議なのは、組織自体がまるでうまくいっていないところにさえ、いい人がたくさんいて、それぞれ真剣に悩んでいることだ。私は組織の外の人間だから、彼らと関わる過程で「何パーセントかだけ家族」のお付き合いをしながら、あえて醒めた目で勝手なことを言わせてもらったり、ただ人びとの話を聞いている。

実際に向き合えば、その人のいいところも、ダメなところも見えてくる。顔の見える関係では、おのずと落としどころが生まれるものだ。この人に今の局面で頼んでもダメだなと思えば深追いしなければいいし、やる気があるなと思えば協力すればいい。取引の多くの部分がこうした人間関係で回っていて、日本社会はそうしたものの積み重ねでできている。そして、その人間関係はいい部分を生むと同時に、人を拘束するしがらみも生む。

いま、官僚機構がワイドショーの主役を占めている。加計学園問題をめぐっては前川喜平前文科次官と文科省、日報問題をめぐっては防衛省、森友学園問題をめぐっては財務省。官僚機構には、他の多くの組織と同じようにいい人もいれば悪い人もいる。「あいつだけは許せない」といったセリフも聞く。しかし、私が見聞きした官僚機構が抱える問題は、そういう一人の「嫌な奴」によるものではなかった。

問題の一つ目は、以前はまかり通っていたことが通用しなくなっているのに、適応できていないということ。これは、かつてよりも情報公開や透明性の意識が高まったためだ。

問題の二つ目は、官邸主導が根付き、官僚の力が弱まった結果として過剰適応が起きてしまっているということ。組織人が寝ても覚めても考えるのは人事のことだ。同じ組織内での不当人事ならば泣き寝入りですむが、内閣という異質な相手だとはなから縮こまってしまう。

問題の三つ目は、世間からは顔の見えない存在であるために、官僚組織が一般の人びとと繋がっていないということ。一人一人は生身の人間。仕事柄言えないことや不平も沢山ある。もちろん、彼らだって切実な危機感を持っている。

世間は、官僚をまるで英雄のように持ち上げてみたり、蛇蝎のごとく嫌ったりするが、そうすると彼らの実像からは離れてしまう。「巨大権力」や「良心」というストーリーは、顔が見えなくなるほどに信憑性を増す傾向にあるらしい。

今後、責任の追及が行われるだろう。けれども、それとは別にどうやったら官僚たちを生かし、良い組織にできるのかは熟慮に値する難問だと思う。

（2018・4・5）

人と話して途方に暮れる瞬間

「朝まで生テレビ！」が三〇周年を迎えた。このあいだ、その三六〇回目の生放送に出てきた。私が最初にこの番組に出たのは、後藤健二さんをイスラム国が殺害する動画が公開される前日の二〇一五年一月三〇日のこと。番組スタッフは、およそひと月前にNHKの番組で共演した古市憲寿さんの紹介を受けて連絡してきた。初めの頃はテレビに出たことがほとんどなかったので、緊張がストレスになった。それでもしだいに番組に馴染み、われながら頑張って月に一度は徹夜している。

田原総一朗さんを措いて、この番組を「らしく」できる人はいない。田原さんは番組内でつい、自分の思いのたけをぶちまけてしまう。彼は司会なのだが、審判のような仕事だけでなく、自身もパネリストとしてバッターボックスに立ちたいのだろう。私は特段、みなが怒鳴りあうのが楽しくてあそこにいるわけではないが、テレビのどこかに本物の怒りをぶつける場所がないと、とは思う。ここでは、政治家にまったく遠慮する必要がないのもいい。

番組に出ている人を見ていると飽きない。怒っていたり、でも分かってほしかったり。人間というのは実に面白い生き物だと思う。

本番中、ときどきカメラに写っていないのを確かめて、腹に一物抱えていそうな出演者に、言っちゃえば?とサインを送ることがある。誰かに味方するというのではなくて、せっかく来たのだから、みんな腹を割って話して帰ってほしいと思うのだ。

生放送ほど実力が出るものはないし、長尺の無編集ほど出演者にフェアな場所はない。だから、仮に言い足りなくても、あるいは理不尽に怒鳴られたとしても最終的には気分良く帰れることが多い。コミュニケーションはあれど、実際に会うという行為が減った現代のネット社会では、その場を共にすることに価値がある。

そういえば、このあいだ「週刊文春」の町山智浩さんの連載コラムで、イラストレーターの澤井健さんが、「はぁ!?　逆らう気?」という吹き出しをつけた三浦瑠麗の挿絵を描いていた。あれを見て思わず笑った。そんな風にはまったく思ってないよと言うとウソになるが、いずれにしても本人が言うことではない。仮にそう思ってしまうような場面でも、後になれば気にならないし、結局相手のことを悪くは思っていないのだから、正直でごめんなさいとも思う。基本的にいつも目をそらさないで生きてきたらこうなってしまった。

途方に暮れてしまうのは、むしろ誰も強い思いを抱えていない空間におかれたときだ。会議にしても番組にしても、本気でコミュニケーションを取り合おうとせず、こなし仕事や単なる自己アピールのための場でしかないことが分かってしまったとき。黙って座っていると乾いた時間が過ぎていって、自分はこのまま年取ってしまうのだろうかと思う。

そんな虚ろな気分のまま、眺めたテーブルの向こうの人と目が合う。ちゃんと視線を受け止めてくれる人がいたとき、はじめて空間に潤いが戻ってくる。

相手の話をきちんと聴きつつも媚びない、というのは至難の業だ。きちんと話させてもらっていない人に発言時間がもう少し割かれるようにしたいと思うときもある。でも安易に同情したり、相手の主張を受け入れすぎるのも良くない。人の話を聴くというのは、つくづく難しい。

そういえば政治家も、人の話を聴く職業ではなかっただろうか。彼らはしゃべるだけでなくて、聴く練習がほんとうは必要なのかもしれない。

（2017・4・27）

憎しみでなく、アデルの音楽のように

先月の「朝まで生テレビ！」の終わり近くに、その日の議論を否定するようなことを言ってしまった。いや、というより三〇年間の朝生の歴史にダメ出しをしてしまったのかもしれない。「みんな人の話を聞かず怒鳴りあう」「番組の冒頭と終わりで誰も自説を変えておらず、進歩がない」と。

それに対し、生放送で恣意的な編集をしない朝生は、言論の自由を守る解放区であるという反論が寄せられた。それは、まったくその通りだと思う。

発言は正直な本音だった。ただし、長年続いてきた習わしを自分が変えられると思うのは新参者特有の過ちかもしれない。私が言いたかったのは、お行儀よくしろということでもなければ、解決策を番組で提示したいということでもなかった。別に、みんなで

一つの解決策にたどり着くなどということを信じているわけではない。

むしろ、人は分かりあえないからこそ、まずは相手の話をよく聞くべきではないかと思ったのだ。私は、まるで違う価値観の人の意見や、嫌がらせのような批判からですら、それなりに得るものがあると思って生きてきた。その人の発言がどういう背景からなされているのか。反感がどのように生じたのかを徹底的に腑分けすることが、私なりの批判の消化のしかただった。しんどい生き方だが、自省を重ねるには向いている。

そして、よく聴けばどんな出演者もそれぞれの観点を提起していて、全肯定か全否定かで捉えるべきではないことが分かる。面白い番組を目指そうと思うのなら、聴いたことのない意見にも耳を傾ければいい。尖りつづける番組であるためには、新しい血を入れ、新鮮な切り口を見つけることが必要ではないだろうか。

そう考えてふと、既知の論点を繰り出しあっておしまいになる状況は、国会という場に似ていると思った。

英語圏では、議会人が決まりきった立場を演じてみせる振付通りの応酬を、kabuki と表現する。なぜ政治的な「フリ」が kabuki なのかと言えば、歌舞伎特有の大仰な身振り手振りに由来するのかもしれないし、古典物では観客が期待する役柄を繰り返し演じていることからかもしれない。要は、議会の応酬は本音ではなくロールプレイだという指摘である。

どんな国でも議会は伝統を背負っていて、様々な決まりごとがある。駆け引きはむしろ裏で行われるのだから、NHKの国会中継の視聴者がkabukiを見せられるのはいささか仕方のないところがある。「立場」を演じてみせる一方で、裏でうまくやるというのが成熟国の議会だ。そんなkabukiの見所を一通り放映して見せて、実はね、と政治記者が身を乗り出して裏事情を語るのがメディアというものだろう。

だから、テレビ自身がkabukiになってしまってはいけない。

相手を自分にとって都合の良い論敵のかたちに合わせて模《かたど》り、それを倒してみせることを「案山子《かかし》論法」という。自分の正義感や苛立ちをぶつけているだけの評論は、kabukiですらないと思う。レッテル貼りは憎しみを生む。互いにそんなことをくり返していても進歩しないから、私は一線を画しておきたいと思っている。では自分がやるべきことは、といえば、人びとの違いを誤解の少ない形で明確にし、さらに新しい論点を投下することで議論をその先へと進めていくことだと思うようになった。

とはいえ、最後には自分が正しいと思うことを言わなければ、という強い気持ちはある。物事を整理して、最終的に客観視しきったところで自分の意見を提示する。ただ、正直に本音を言ったときの私の言葉は、ときに人を傷つけてしまう。

ちいさい頃、「三つ数えてからそれでも言いたければ言ってごらん」と親が諭してくれた。それでもずいぶんと失敗を重ねてきた気がする。「三つ数える」ことをしなくてよいほどの人格者であれば、進歩したなと思えるのだが。そんな後悔に襲われたときには、同じように弱さを抱えた人間の存在を感じられる小説や音楽に触れてみる。

私は昔から負け犬な歌が好きだった。最近の歌手では、シングルマザーの下で育ち、人生の悲しみばかりを歌う歌手、アデルの歌が好きだ。ある人にそう言ったら、「実はマゾだからじゃないか」と言われた。でも、たぶんちょっと違う。

アデルの音楽のようにとはいかなくとも、言葉のやり取りによって、共感したり慰められる誰かがそこにいることをナイーブに信じつづけていたい。


（2017・6・15）

「孤独」は手の届くところに置いておきたい

長年の知り合いでも、なかなか会えない人がたくさんいる。そんな彼らに確実に会えるのは会議やパーティー会場だが、私はそういう場があまり得意ではない。人間は好きだけれど、好きでいつづけるためにも孤独な時間は大事にした方がいい。どうも人に会いすぎたなと感じたとき、私は積極的に孤独を求めて山に籠る。

とりわけ冬の朝はいい。朝早く起きて外に歩きに出ると、降り積もった落葉松の葉がひそかに音を立てる。小路が考えずとも行く先を示してくれている。潔く葉を落とした木々が細い枝を無数に伸ばす斜面に囲まれ、枯れ葉が徐々に土になっていくときの深々とした匂い。誰もいない、朝靄の静けさ。

そんな孤独のなか、黙って考える時間を持つことで、人を恋しく思うことができる。

そうしてはじめて、書きたいという気持ちが湧き起こってくる。

山籠りに加えて、家族から「個」に帰ることができる時間も必要だと思うようになった。子どもを出張に連れて行くのは楽しいのだが、そうすると他人に会うのが面倒臭くなる。人見知りをいいことにまったく触れ合わなくなるのだから。

だから、単身での出張はよい試練になる。実家を出て二二で結婚してからも、私はほとんど一人旅というものをしたことがなかった。初めての本格的な一人旅は二九のとき。博士論文を仕上げつつあった二〇〇九年秋のアメリカ出張だった。

ワシントンD.C.では、いわゆる「パワーブレックファスト」に使われる、おしゃれだがその実そんなに美味しくないカフェレストランによく行った。早朝から足早に出入りする議員やロビイストたちはいかにも成功者という顔つきで、「帝国」の政界のエネルギーが十分に感じられる朝の空間は、見ていて面白い。

それでもやはり、D.C.は私にとって異質だった。巨大なモニュメントや無機質な建物が多く閉鎖的で、むしろそれゆえに田舎っぽいところだという印象を持った。

滞在二日目の朝、秋晴れの東海岸の澄んだ空気に包まれて、私はまだ開店前の可愛らしい店が立ち並ぶジョージタウンの通りを歩いていた。友人と朝ごはんを共にして別れた後、行きがかりで何となくピンヒールのまま三キロほども歩いたとき、ふいに一人旅の孤独が襲ってきた。当時まだ学者の卵だった私は、将来自分がどうなるのかもわからなかった。

ふと、私はなぜここにいるのだろうと思った。そして、どこへ行くのだろうと。まるで、休みがちだった一〇年前の大学時代に戻ったようだった。高層ホテルの窓縁に腰を掛け、膝を抱えて夜景を眺めていたとき。終電は終わったから、これから実家までタクシーを飛ばさなければならない。すべてがうつろで虚飾に見えた。自分がまるで意味のない存在に思えた。

勉強に関心がなく、若さと可能性を持て余していたあの頃から自分は何も変わっていなかったのではないか。実家を出て結婚して、そのまま夫に守られてきただけで、私の自我なんてないんじゃないかという気分が襲ってきた。

立ち止まり、眼をあけたまま山のことを思い出した。いま頃はもう空気は冷え冷えとして、濡れた土の匂いがむせかえるほどに香《かぐわ》しく感じられるだろう。煤けた毛皮の猪が里山まで下りてきて、落ち葉の中のドングリを漁っているだろう。そのすべてはいま遠くにある。けれども本物なのだと。

ジョージタウンの通りに立ち尽くしていたあのときを、懐かしく思い出す。孤独はすぐそこに、手を伸ばせば触れるところに置いておきたい、といまでも思っている。

（2017・4・20）

身近な死が教えてくれた

砂埃が舞い上がる中、人びとが瓦礫を踏み越えてよろよろと歩いている。病院も満床だ。子どもたちが、あどけない目を見開いたまま冷たくなっていく。

シリアのアサド政権が反政府勢力にサリン攻撃を加えたことで多くの死者が出たのが、二〇一七年の四月初めだった。トランプ政権は国際的に禁じられたサリンを使ったアサド政権への報復のため、巡航ミサイルのトマホークを何十発も彼らの空軍基地に撃ち込んだ。

私は、そのトマホークミサイルが撃ち上げられる音を、スマホに繋いだイヤホンで聞いている。まるで花火のような音。夜の海に浮かぶ駆逐艦から間断なく撃ち上げられるトマホークは、光を放ち弧を描いては消えていく。何度も動画を再生すると、耳の奥にその爆音が残ってリフレインする。それを聞きながら、戦の初めというのはこういう雰囲気だったな、ということを思い出していた。

イラク戦争が始まるときのバグダッド空爆は、自宅のテレビの前で観た。みなこれから何が起こるかを知っていて、そして攻撃を受ける側は寝ることもできず、ただ待っているしかなかったのだ。

サダム・フセインやアサド政権に同情しているわけではない。国際社会の規範を踏み越えた者には「報復」すべき、というのはありうる立場だ。しかし、人類の歴史はそんな報復の繰り返しでできていて、不毛なイラク戦争を思い出すと複雑な感情を覚える。

シリアの民間人やロシア軍人の巻き添えを避けて限定的に報復し、シリアの空軍力を削いだアメリカ軍の手際は良かった。ミサイル攻撃の前には、アメリカのヘイリー国連大使がアサドを庇うロシアを非難し、犠牲になった子どもの写真を安保理の面々の前に突きつけた。

他方で、この武力制裁は自衛措置を踏み越えている。プーチン大統領は、これは侵略だと非難し、アメリカがアサド政権を倒しても破綻国家になったイラクの二の舞になるだけだと警告している。

国際社会が複雑になったとしても、人間自体は変わらない。どうしようもない状況を前に、何か解決策があるはずだという希望を抱く。子どもの犠牲を目のあたりにして肌が粟立つような怒りを覚える。そのあとの「報復」の甘美さ。私たち人類は、こんなことをずっと繰り返しているのだ。

博士課程でイラク戦争を研究している最中、死体や拷問の写真を見すぎて感覚がマヒしてしまったことがあった。映画と違って、本物の写真には劇的さは少ない。亡くなってしまった人には尊厳などないかのごとく、土くれと同じようにただそこにあるだけだ。自分の感性が鈍くなっていくのではないかと怖くさえあった。

死んでしまった人たちの耐えられない軽さに比べると、残された者の味わう苦しみと報復の衝動はリアルで重たい。いつの世も、報復感情は戦争の主要なきっかけとなる。

戦争を知らずとも、自分の近しい人びとが死ぬことを思い浮かべれば、戦争で身内を失った者の気持ちを察することができるだろう。身近な人の死はそれだけで心を一杯にしてしまい、他のことを感じたり、考える余裕さえなくなる。

私にも死を強く恐れる気持ちがあったことを知ったのは、イラク戦争を扱った博士論文を書きあげてすぐの二〇一〇年四月だった。妊娠していた私は、待ち望んでいた娘を死産した。「人間」であることをぎりぎり認められる週数だった。彼女の死がなければ、私の処女作はもっと痛みを伴わない、賢《さか》しらげなものだったかもしれない。眩しい新緑の時季がめぐってくるたび、思い返す。

（2017・5・4／11）

娘の匂い

娘を喪った話をした。だから今日はそのときのことを書いておこうと思う。一番鮮明に覚えているのはお産の記憶だ。あまりの痛みに圧倒されたたまますべてが早く進んだので、混乱した私がはじめて何らかの感情に襲われたのは、お産の後に娘と対面したときだった。娘は私の寝ている分娩用ベッドの上に置かれたバスケットに寝かされていた。

二七センチの存在の確かさ、温かさと、四一〇グラムという重みが私に喪失をもたらした。掛布をそっとめくって、まるいお腹やちいさくて精巧な足の指と爪、胸のところで組み合わされたちいさな手を見つめた。これが私の失ったもののぜんぶだった。夫は私の手をそっと握ったまま言葉を失って、顔をそむけてすすり泣いた。

きっと茫然としていたのだろう。私は目を見開いたまま、娘と夫を見ていた。傍らの夫は別人に見えた。日頃常に抑制的な彼が、初めて心の奥底を開いたようだった。肩を震わせて嗚咽する彼のまじりっけのない悲しみを目の当たりにして、私はそれを美しい光景だと思った。

その日の夜、私は強引に病院を出ていき、杖を突いて六本木のゴトウ花店の中を彷徨っていた。棘の少ないふわりとした白いミニバラと、色とりどりな南アフリカ産のガーベラ。その豪華な花束を胸に一抱えずつ抱いて帰り、ふたりでキャンドル・ディナーをしたのだった。子どもが眠っていて、お土産を買って帰った親のような、満たされた気分で。

春も終わり、入院していた僅か数日の間にけやき並木がいっせいに芽吹いていた。その夕はとても暖かで、そこら中が若葉の匂いに満たされていた。

次の日、娘を火葬にした。お骨が入った小さな壺を抱いて斎場を出た。タクシーを降りるとマンションの段々をあがり、オートロックの入り口を入る。私たちは、まだ昼前に家に帰ってきたのだった。寝室の棚の一角に彼女を据え、レースの生地で作った真っ白なお宮参り用のドレスと赤いポンチョを畳んで供えた。

わが子という存在への利他的な衝動は、経験したことのないものだった。私はその後しばらく、繭にくるまったような生活を送った。風の音や車の音、テレビの音も私には大きすぎて、他の刺激を受け入れる余裕はなかった。

あの頃、師匠に会ったことを覚えている。六本木にあるブーケ・ド・フランスという店で、ふたりで食事をした。どう慰めてよいか分からないまま話を聞いてくれる彼に、私は宙ぶらりんになった母性ということについて話した。

ちいさいころから注射が怖かったので、腕に針を刺すとすぐに卒倒してしまうのが常だった。破水して入院してからはじめて、点滴の針が刺さっていても卒倒しない自分をみとめた。だが、私が心身ともに母になったとき、子どもはもう死んでいた。

俯いて少し涙を拭った時、白いテーブルクロスの上に置かれた彼の手の甲が見えた。私を慰めようとして、でも躊躇っているかのように。その思いやりにはっとして、私はしゃんと座り直した。当時、私のなかに他者は入ってこれなかった。遠ざけていたのではない。私は単に、自分と人のあいだを埋めるものを持たなかった。自分が感じた本当の恐怖を表現する方法を、あの頃はまだ持っていなかったからだ。どうやって言葉にすればよいか分からなかったために。

通夜の晩、まだ生まれて間もないのに、彼女の皮膚は少しずつ硬く弾力を失っていった。初め、ちいさなおでこに唇をそっと寄せたときには、まだ温かくデリケートな皮膚から赤ちゃん特有のいい匂いがしていた。少しずつ、彼女の肌は冷えていった。深夜、私がこれを最後とおでこに唇を近づけた時、あと五センチというところで頭をガンと殴られたように眩暈がして、それ以上あの子に近づけなかった。私は泣きながら棺の蓋を閉めた。現世と来世を分けるものは、死臭であると知って。

私たちは愛しい人びとをもうそれ以上失わないために、そそくさと荼毘に付すのだろう。

あのとき、私はもうきっと泣かないと思ったのだった。

（2017・5・18）

コラム1

この島国の明日

子どもと迎えるお正月や盆は年々忙しくなってきている。盆と正月には世界情勢や歴史を振り返る企画が多いのと、子どもがやりたがることが増えているからだ。

わが家の料理の基本的な下ごしらえは五歳の娘が手伝ってくれる。煮干しの頭とわたとり、にんにくの皮むきや、唐揚げの粉つけ、野菜のすじやヘタとりなど。

銀色のバットに並べたサンマは、通称「新幹線のお魚」。シュッとした青魚には塩をきつめにふり、時間をおいて、光沢を帯びた皮がすこし鈍く光るように塩分を吸い込むまでは焼いてはいけないということを教える。

自分で作ったものはおいしい。子どもは、時にざんこくなまでに生存本能のかたまりだ。おいしい、おいしいといいながら魚の目をほじくって食べたり、「頰っぺたの肉」

を大事そうに掬って食べたりする。

夫の実家に盆に帰省した時、地元の人に東京ではどのような盆を過ごすのかと聞かれた。飾りはおくけれど何も特別なことは、と説明しようとして口ごもり、けげんな顔をされた。彼が生まれ育った福岡県のあの地方では、どこの家だって盆は盛大にやるものだからだ。東京には送り火を焚く場所もなければ、飾りを流すことができる川もなく、茄子や酸漿《ほおずき》などの盆飾りに生ものを使う家が本当に少ないことも、また、ことさら殺生をさけたりしないことも、あちらでは実感が持てないだろう。私の住む東京の街では、せいぜい盆提灯を一つか二つ飾ることができる和室をもつ家が残っているだけ。

これからの日本は人口の半数以上が三大都市圏に集中し、その割合が徐々に高まっていく。二〇五〇年には三大都市圏の人口が約六割を占め、なかでも東京圏が三割以上を占めると予想されている。そんな中で、田舎の美しい風土の中、土埃の立つ道や川の流れをそのままにして暮らしていける人はどれだけいるだろうか。正月のお節の飾りつけのため、黒豆を差す松葉をどのようにして手に入れるか悩まなくていい人たちは、どれだけ残るだろうか。そして、都会に住む人たちと、田舎に住む人たちの価値観の差はどんどん開いていくのではないだろうか。

地方が消滅するということが盛んに言われているが、人口の差よりも深刻なのは、文化と価値観の違いだ。そんな、先進国における共通の悩みが如実に表れたのが二〇一六年のアメリカ大統領選だった。都会の人びとはどんどんリベラルになり、田舎の人びとは少しずつ変化を受け入れつつも、変わりゆくアメリカの姿に戸惑いを覚えている。自分たちがかつて学校で学んだ人生訓はもはや聞かれなくなり、代わりに見たことも聞いたこともなかった多様性やＬＧＢＴといった言葉が大統領の演説の主要なメッセージになっていく。

そんな分断を抱えた国を結び付けておくのは本当に難しい。もし互いに共感を失ってしまえば、知らないやつに分け前はやらないよ、という発想に一っ跳びで行ってしまう。だから、共通する要素や文化を大事にすることは、異なる人びとが歩み寄るうえでとても大切なことではないかと思う。それがいかに陳腐なものであったとしても。例えば、子育て。

生まれたばかりの子どもは何も知らない。教えてあげないと、自分が自由な人間であることも、魚がおいしいことも、海が広くて深いことも何も知らない。私たちがなぜ繰り返し、繰り返し、代わり映えのしないことをやって暮らしていくのかと言えば、子どもたちにこうしたものを教えていかなければ、生活の文化も、民主主義も続かないからだ。

お魚を食べ、尻尾と骨だけになったお皿を見ながら娘が言った。あのね、ママね、あたしお泊りキャンプでお魚を捕まえたときね、ぐにゅぐにゅって逃げようとしたの。だから串でぶすって刺して焼いちゃったの。かわいそうだったね。でもおいしかったからまた食べちゃうの。

こうやって一ついのちを食べた娘は、そのかなしみも一つのみ込んで、成長してゆく。前だけを見て、この島国の明日を一日一日更新しながら。

（2017・2）

第2章　この国の未来に必要なもの

従順さは「富国」につながらない

テレビ朝日の「橋下×羽鳥の番組」に何回かお邪魔する中で、先日放送の「道徳塾」という企画に出た。

「三浦さん、立派に仕事しながら子育てされてるから、いろいろ考えるところもおありだと思うんですよね」などと煽てられ、ちょっとほっこりとした子育て論ができるのかと勘違いし楽しみにしていたが、まあ蓋を開けたら橋下さんのしゃべること、しゃべること。お題としてあげられた「体罰」には、親としても元市長としても熱い思いを抱えているようで、彼は熱弁を振るっていた。

偶然にも、橋下さんと私の二人が、ほかの出演者とは違って体罰に抗議する側に立った。そこで思ったのは、彼は勝ち組の温和な中産階級ではない家庭の実情を、いささかなりとも肌身で知っている、ということだった。

こうした番組を企画する際には、番組側が事前に出演者の立場を知るためアンケートをとる。提示されたお題は、「自分の子供の授業態度が悪く（ゲンコツ程度の）体罰を受けて帰ってきたが（体罰は一般に禁じられているので）抗議するか」というもの。

難しい仮想の問いであるだけに、現場では程度問題や状況次第でどちらに転んでもよいのだが、テレビ番組が日本の空気を醸成する効果を持つことを考えると、立場は一つしかありえないと私は思った。

昔はこれくらいの体罰は当たり前だったとか、そのくらいは大丈夫という意見は、生存者バイアスがかかった言葉だ。ＶＴＲで流されたゴツンが問題なかったとしても、体罰は少しならいいんだ、という空気をお茶の間に届けるのに加担する気には毛頭なれない。現にいまの日本社会でも、体罰が生みだした犠牲は決して少なくない。

言いたかったことは、完璧な指導者なんてほとんどいないのだから、愛のムチとして理想化してはだめだということ。それから、いま些細な体罰を許容する雰囲気でまとまるのは楽だけれど、人間社会は理想に向けて進歩しようと努力しなければいけないのでは、ということ。

多くの場合、体罰は手間暇をかけられないから生じているのだと思う。もしこの国が人材は貴重だと感じるのなら、手間暇をかければいい。それだけでは協調性や暗記力や耐性などが身につかないと思うのなら、色々な方策を試してみればいい。子どもは短時間しか集中できないのだから、プログラムのやり方が間違っているのかもしれない。それでもついていけない子が出てしまうのなら、プログラムが向いていないのかもしれない。

小さいころ、私の逃げ場所は図書室だった。人と会いたくなくて、本棚に半身を隠して、人の気配が消えると安心して絵を描いたり本を読み耽ったりしたものだ。

この国では、従順にしておいた方が生きやすいことは確かだ。でも、処理能力の高いいい子のホワイトカラーを大量に持っておくことが「富国」につながるという時代は終わった。みんなが有名大卒の夢を見、みんなが一つのお手本に向けて突っ走る道の先には、もう何もないのかもしれない。

（2017・1・26）

大学「無償化」で焼け太りするのは

教育の話はここしばらく話題となっている。例えば、政府はついこの間、住民税非課税世帯の大学や短大、高専等の進学者に対し、返済しなくてよい給付型の奨学金を始めると発表した。奨学金を返済不要に！という要請に少しだけ譲歩したもので、生活に全く余裕がない人でも進学を諦めてしまわないようにするための制度だ。

小池百合子都知事も、私立高校の授業料を実質無償化すると宣言して注目を浴びた。保守の政権や元上げ潮派の知事がこうした「分配」政策に着目するのは、世界的に教育費が政治の論点になっているからだろう。

二〇一六年の米大統領選の民主党予備選では、サンダースさんが「公立大学の学費をタダにする」と宣言して大健闘した。欧州にはすでに学費が無償の大学はたくさんあり、それを有償にしようとすれば国内から大きな批判を受けるのは間違いない。

もちろん、人材育成は国家戦略上重要だから、教育が無償の国は、福祉の観点だけでなく、国の競争力強化のためにやっているのだろう。

出身家庭の収入に左右されない、その人の適性に応じた教育を施す。学費が軒並みタダなら大学もふんぞり返ってはいられず、優秀な人材を引き付けようとしのぎを削るだろう。学費が無償の北欧諸国の大学が世界のトップレベルにランクインしているのは、こうした理由による。無償だからといって、希望者全入というわけではない。進学先は目指す職業や資格別に細分化されており、全員が望めば日本のいわゆる四年制大学のようなところに進学できるわけでもないということだ。

政府からふんだんにお金が注ぎ込まれる以上は、大学も結果を出さなければならないし、学生も評判の良いところに行きたいので、自然と競争も熾烈になる。

ところが、いまの日本では多くの大学が似たり寄ったりで、偏差値というひとつの軸だけで輪切りにされている。国全体としては教育界にジャブジャブお金を注ぎ込んでいるものの、その内訳を見れば、家計から支払われる塾代が多くを占める。要は、競争による圧力を受けているのは学校よりも進学塾なのだ。大学はいったん入ったら出るのは簡単。就職活動は学生の自力で行うか、就職支援会社の存在が大きい。

つまり、日本で一番競争に晒されていないのは、過熱する受験戦争のもとにあっても家計からお金を投入されていない国公立校であり、また偏差値がほぼ固定化されて学位を付与するだけの存在になっている大学だということになる。

大学無償化は一見素晴らしい提案のようだが、誰もが大学に行って似たようなホワイトカラーになる必要はない。多くのホワイトカラーの職種は、AIの時代に不要になるだろうと言われる。高卒ですぐ就職した人は税金を納めているが、自己投資として大学に行く人たちに国の財布から仕送りをするというのは、平等社会の建前からすると少々シュールだ。誰でも行きたければ大学に行ける、というのも幻想にすぎない。

それでも大学を無償化するのなら、大学人の焼け太りになってはならない。大学が結果を出すことを社会は求めるだろう。すでに少子化問題に直面している大学にとって、無償化は競争を迫られる「黒船」なのだと思う。

（2017・2・23）

学校をさぼってばかりだった

教育制度について書いていたら、自分がまだ学生だった頃を思い出した。思い返すと、ずいぶんと不真面目な生徒だったと思う。そんなわけで、今日はその頃のことについて書きたい。より正確に言うと、学校にちゃんと通っていなかった、学生時代についてである。

私は高校の授業をほとんどさぼってばかりだった。なぜ行かないのか問い詰められたとしても、自分でもよくわからない。駅で誘惑に負けてついふらっと降りてしまったり、小田急線で湘南高校と反対方向の片瀬江ノ島行きに乗ってしまったり。決まったことというのができない人間だった。だから、大学にも五年のあいだあまり行かなかった。

この本を読みたい、と思ってじっと座って読むのはいいのだが、人の話を黙って座って聞くというのが、大人になったいまでも本当につらくてしかたがない。どうしようもない発作みたいなもので、会議で我慢をして座っていると翌日は首がむち打ち症のようになる。もともと首の骨格に障害があるところへ、耐えるために肩に力が入っているからだろう。

思い出せばいつも一人だった。

高校からは、話が通じる男友だちが一人、親友のようにしていることがあった。距離の探り合いが多い女の子たちと話しても気づまりで、だったらみんなが通り過ぎたところでそうっと雲隠れするのがよかった。だから、まともに就職できるとは思ってもみなかったのだ。いまではひとりで仕事をしているが、ちゃんと社会的に機能していることには自分でも驚いている。

ひとつ象徴的だなと思うのは、当時から服装や習慣が浮いていたこと。わが家は余裕もないのに五人の子どもを育てた大学研究者と専業主婦の家なので、ひとりひとりに目が行き届かなかったのだろう。また、俗なことが嫌いな家庭で、ほとんどテレビを見たことがなかった。外食もたまにしかしなかった。

母親が生活クラブで注文した無地の二色×二枚セットのTシャツを来る日も来る日もローテーションしていたのは、小学生の頃にはからかいの対象になった。中学に上がればセーラー服の制服が着られるので、本当に待ち遠しかった。

藤沢にある湘南高校に入った頃は、工藤静香風の前髪とスケ番スタイルが定番だった平塚の中学とは違い、ルーズソックスとベージュや紺のラルフ・ローレンのだぶだぶのカーディガンという女子高生ファッションが最盛期を迎えていた。私も、そんなのが着たかった。

でも、母親が生活クラブの共同購入で頼んだのはピーコックグリーンの薄手のカーディガンだった。私はため息をついてそれを羽織って学校に行った。だから、考えてみると、私は目指してそうなったのではなくて、どうもはじめから「異人」だったのにすぎない。

学校を楽しめる人もいるのだろう。でも私にとって、学校とは永遠に続く工場のようだった。

自分の車を運転できるいままでは、あれだけ嫌いだった農道ももう怖くはない。ひたすら歩数を数えながら歩いたあの道。学校というコンクリートの箱か、家という四角い箱の日常を往復していたあの頃。私はいまでも少し、学校が嫌いなのだ。

（2017・3・2）

移民はもうそこにいる

　このあいだ、鳥取県の新日本海新聞社の依頼で連続講演をしたときに、先方が手配してくださった鳥取県中部の温泉の三朝館がとてもよいお湯で、よく寛いだ。肌はしっとりするが、湯あたりは強くない。露天で幾度も涼んでは湯に入ることを繰り返したら、気持ちまでゆったりして別人になったようだった。

　ひとり温泉旅館に泊まる夜はなんだか寂しい。少しお酒を飲んだだけで、持ってきた本を読みながらベッドに寝ころび、早ばやと寝てしまった。明け方に目が覚めたので露天に行ったら、石の階段をずいぶんと下った先にある岩風呂が、自然の中に湧いた湯のようだ。まるでどこかから動物が出てきそうな気がして、こわごわと入る。外気との温度差があるほど、湯はありがたい。そして、首までつかりながら、たまには一人旅もいいなと思ったのだった。

この旅館滞在中に少し驚いたのは、触れ合う従業員のほとんどが中国人の研修生だったこと。私はふだん大規模な旅館には泊まらないので、そうした経験ははじめてだった。地元で立ち行かなくなった老舗旅館を大手資本が買い取って設備投資をし、若い女性が好みそうな施設に生まれ変わらせたそうだから、雰囲気を残しつつも経営が合理化されている。そして、中国人従業員のみなさんは気持ちよく、心配りが行き届いていて、本当にお世話になった。

このところ、外国人労働者や住民について学ぶ機会がいくつかあった。都内の成人式で外国人の比率が高かったこともニュースになっていたし、最近ではNHKが「外国人〝依存〟ニッポン」というウェブサイトを作っている。法務省の統計によれば日本に住む外国人は増え続けており、二〇一七年の六月時点で二四七万人だったそうだ。二〇年間で一〇〇万人増えている勘定だ。

NHKのウェブサイトによれば、都道府県ごとに分析したところ、外国人が増えているのは大都市圏だけではなく、様々な地域で急速に増えていることが明らかになったという。産業別では担い手不足が深刻な二〇代〜三〇代に絞ると、農業で一四人に一人が外国人労働者に頼っており、漁業では一六人に一人、製造業では二一人に一人、宿泊や飲食などのサービス業、と続く。三ちゃん農業と言われて久しいが、もうこんなに外国人に頼っているのだという事実は、多くの人にとって驚きなのではないだろうか。

日本の農家はかなりの数が小規模な兼業農家。稼げる農業は一部の大規模な農家でしかない。そして、研修生をはじめとした外国人労働者に依存しているのが、こうした私たちの食卓を支える大規模農家なのだ。

日々当たり前に目にするもの、口にするものは、彼らの労働力で支えられている。ありていに言えば、様々な産業の「持続可能性」を考えると、もはや外国人労働者なしにはやっていけない国になっているということ。

けれども、外国人労働者にとってどうなのかといえば、日本の労働条件はむしろ悪いものとして認識されつつある。数年前、高原レタスの有名産地で、村ぐるみの実習生のパスポート取り上げや監視などの悪質な事件が報道された。その時は社会に衝撃を与えたものの、事件が忘れ去られるのは早いものだ。

移民についてはなかなか語りたがらない日本社会だけれども、それが経済や社会にもたらす利益やコストにはさまざまなものがある。これらの問題に正面から取り組まなかった結果として、かえって移民への反発が高まってしまった欧州を見れば、まずは現実を知ることが大事、とそう思わされたのだった。

（2018・3・29）

日本に欠けているのは多様性と――

一月末の「朝まで生テレビ！」は久しぶりに経済問題についてだった。デービッド・アトキンソンさんが初登場し、話はたいへん盛り上がった。デービッドさんは、あらゆる自治体に観光客誘致のテコ入れのため引っ張りだこの、面白い人だ。

アベノミクスをめぐっては、朝生でもこれまで侃侃諤諤の議論をやってきた。金融緩和が正しいかどうか、アベノミクスの三本の矢はどう評価されるべきか、などという論争はもうだいたい決着がついたといってもいいだろう。

金融緩和は大きな効果をあげた。インフレ率の目標値は達成できていないものの、マクロ経済指標はかつてと比較すれば悪くない水準で推移している。その意味で当初の目標を達成せずとも、概ね経済運営は及第点だと言えるだろう。

財政出動を行う一方、消費増税などの構造的な税収増は先送りした結果、プライマリー・バランスは黒字化のめどが立っていない。政権期間中も国の債務の対GDP比は上昇し続けている。

成長戦略の方はどうかというと、構造改革は漸進的改革案に終始し、政治案件化する大型案件はほぼ先送り傾向にあった。首相の指示が実質的にインパクトのある改革に直結せず、小泉構造改革以来の目玉案件は先送りされてしまっている。

今回の朝生のパネリストで、金融緩和自体に正面から反対する人はいなかった。そのかわり、経済指標の改善が景気上昇の実感につながっていないという「生活感」に基づいた主張や、マクロ政策だけではだめだという意見が出た。

私は、三本の矢は当たり前の経済政策をきちんと打ち出したものだと思っている。特に野心的な金融政策を推し進めたことは、大きなリーダーシップを発揮したと評価したい。

ただ問題は、先ほど述べたようにマクロ政策だけで全てが解決するという立場をとるのには無理があること。誤ったインセンティブ設計をミクロ政策で是正する必要がある。

例えば、解雇規制の緩和や女性の低賃金労働の見直しが挙げられるだろう。

安倍政権は生産性の改善にも踏み込もうとして、働き方改革などを打ち出しているのだが、日本の会社が相変わらず時間当たりの生産性で人びとを評価できない以上は、中間管理職以上の人の仕事量が増えるだけだ。

しかも、最低賃金を低く留め置いたうえに、その最低賃金でパートに出る女性たちに対するインセンティブを税制や社会保障政策で確保している。だから、人手不足とはいいながら、いつまでたっても賃金は大きく上がらない。

企業が労働者を解雇しにくい解雇規制を維持していると、成長産業に有能な人材が回らなくなる。生産性の低い企業が多く延命されつづけることにもなる。

給与水準が十分に上がっていないのは、経営者の努力が足りないということに加えて、わざわざ大勢の「専業主婦」（ほんとうは働いているのだから専業主婦ではないはず）に低い賃金を押し付ける社会構造を温存しているからにほかならない。

生産性の話で盛り上がったのは良かったと思う。しかし、議論のなかで「日本人性」、とくにその欠点が過剰に強調されるのはどうかな、とも思った。日本に欠けているのは単に多様性だと思う。そして、リーダーシップ教育。でも日本だって、本当はもうちょっと成長できるのだ。多くの問題は、環境が邪魔しているというところで説明できるのだから。

（2018・2・15）

〝リベラル〟にも女性憎悪は潜んでいる

トランプ大統領が誕生した。短い演説、寒空の下での長いパレード、そこに集まったオバマ政権の八年間とはまったく違うメンツ。合法的な革命が完了した。

ゴシップ的な関心からいえば、ファースト・レディーのメラニア夫人が一体どのブランドの服を着るのかが話題だった。それは彼女が元スーパーモデルだからではなくて、トランプ氏に抗議するため彼女に服を提供することを拒否するデザイナーが続出し、政治問題化していたからである。

初の黒人ファースト・レディーのミシェル夫人は、中国系を含め、多様な背景を持つ新進気鋭デザイナーらの服を着た。英国のケイト妃は国産ブランドを愛用し、一大英国ブランドブームを世界各地に巻き起こしている。さて、デザイナーにボイコットされているメラニアさんはどうか、と意地悪い眼差しで見られていたわけだ。

結果的に、彼女はラルフ・ローレンという王道を選んだ。英国のカントリー趣味を取り入れた、あくまでも北東部のヤンキー好みのレディーライクなスタイル。

アメリカには、トミー・ヒルフィガーをはじめ、保守派のデザイナーがいくらでもいる。これからは、白人のお金持ちが好むＷＡＳＰ的なブランドが多く着用されることだろう。

ところで、新政権に関してメラニア夫人よりも耳目を集めている女性がいる。長女のイヴァンカさんだ。イヴァンカさんはトランプ氏の最初の妻、イヴァナさんの娘で、同世代の私も以前からよくファッション誌で彼女を目にしたものだ。

彼女は離婚した父と仲が良いことからファザコンだと書きたてられている。私はいったいにゴシップは嫌いだが、中でも先日の米国バズフィードの記事は特に俗悪だった。記事は、彼女の幼少期から現在までのトランプ氏とのツーショット写真を並べている。そこでの二人のポーズは、美女に目がないトランプ氏が「娘を女として、所有物として見ている」証左なんだとか。はっきり言いはしないものの、近親相姦的な何かを匂わせるその記事を読んで、私は本当に胸が悪くなった。

記事は、イヴァンカさんは父親に従属的な女性像の典型だという。しかし、一見犠牲者のように見えるが、「彼女には同情するな」「むしろ強者である彼女を恐れよ」という見出しが躍っていた。多くの父親は、おませなパーティードレスを着た娘と写真に納まるのが嬉しく、くすぐったいはずだ。女らしくなってきた娘をまぶしく見てしまうはずだ。リベラルな父親は一度も、自分の経済力で娘に欲しいドレスやアクセサリーを買ってあげて満足したことはないのか。

相好を崩しているトランプ氏をそのような目つきで見る記事はいやらしく、リベラルぶっている分、タブロイド紙よりさらに俗悪だ。トランプ氏が嫌いだからといって、そこに潜む悪意を無批判に吸収してリツイートしてしまう人びとの存在も、信じられなかった。

イヴァンカ批判の根幹には、女性の活躍を訴えていながら、保守的な親父を擁護していることへの不信感がある。

けれども、子どもの教育でさえ難しいのに、親の性格を変える方法がどこかに転がっているんだとしたら教えてほしいくらいだ。父親に絶対的に信頼されているイヴァンカさんが居なかったら、トランプ政権は一体どうなっていたか、考えるのも恐ろしい。彼女の存在は、リベラルにとっても案外救いだと思った方がいいのだけれども、彼らは憎しみに我を忘れている。

ここにはリベラルを標榜する人の一部に潜むダークサイド、女性憎悪が見え隠れする。彼女が大学時代にモデルをしていたことを頭が空っぽだと批判する人は、大学時代にアメフトに打ち込んだ男性を同じように中傷してきたのだろうか。父親の不動産業を手伝い、自身のブランドを成功させたことを親の七光りだと批判する人は、ジョージ・W・ブッシュを同じように糾弾したのだろうか。肥満大国でスレンダーな外見であることを人工的だという人は、すらっとしたハンサムなオバマを批判しただろうか。

彼女の本質は焦らずともいずれ明らかになるだろう。ただ、彼女を攻撃する一見もっともそうな言説に潜む偏見に気づいておくことは重要だと思った。

それは、リベラルと名乗りつつも単に成功者が嫌いなだけであったり、本当は女性を憎悪している人びとを焙り出す試金石にもなりえるから。

（2017・2・9）

女性専用車両は差別か

女性専用車両に乗り込んで、「差別反対」運動をしている男性たちがいる。ニュースを見た時点では、なぜ？というのが率直な感想だった。女性たちは面倒を避けて遠巻きにするのかと思いきや、「降りろ！」コールなんかをしたりして、思いのほか強かったのも印象的だ。

「運動家」の男性たちは、法的には自分たちを追い出せないはずだとして警察に電話し、非常停止ボタンを押したりと大騒ぎになっている。

大体、この手の騒ぎを引き起こす人は世間を騒がせるので迷惑がられる。しかし、ワイドショーではみんなが言葉を選んでいたのが印象的だった。「主張はともかく、方法が良くない」などと無難な意見が相次ぎ、女性専用車両は男性への差別なのかどうかが真剣に論じられていない。

そこで、ここでは差別の定義から少し真面目に考えてみることにしたい。差別とは、人の属性に基づいてある対応をし、その対応が不公正さを生むこと。不公正とは金銭のように分かりやすい不利益ばかりではない。

例えば、白人用と黒人用にトイレを分けたとしよう。男女のトイレが違うように、これを許容してよいだろうか。重要なのは、あくまでも異なる対応をする「理由」だ。なぜ、同じ人間なのに肌の色が違うとトイレを分けるのか。

かつて、アメリカの白人が黒人とトイレを共有したがらなかった理由は、黒人を低く見ていたからだ。従って、白人が黒人と同じトイレを使いたくないという差別感情に基づいたトイレの区別は到底許されない。

では、男女でトイレを分けるのはどうか。この場合は、両者が見られたくない、あるいは見たくないと考えており、男性用トイレをすべて個室にするのでなければ、確かに分けるべきだろう。

当たり前だと思うだろうか。これと同じ論理から、ＬＧＢＴの人びとが、真に見られたくない、あるいは見たくないと思うのなら「誰でもトイレ」を完備すべきだという結論も導き出せる。

重要なのは、「社会通念上、そうでしょうよ」で終わらせないこと。黒人差別が当たり前だった時代の社会通念には差別が入り込んでいた。社会通念はときに不公正なのだ。

こうした観点から見れば、女性専用車両での騒動の論点は、女性の「男性と同乗したくない」という意思が差別感情に基づくものか、結果、不公正かどうかだろう。

女性が女性専用車両に乗るのは、男性を差別しているからではなく、痴漢に遭う確率をゼロにしたいからだ。すべての男性を潜在的加害者として見ているのではなくて、車両選択を偶然に任せてもしも痴漢に遭ったら、ひどいダメージを受けるから嫌だという人を保護するため。

女性は長らく男性よりも低く見られ、性的な自分の意思というものを無視されてきた。女子差別撤廃条約第四条にはこう書いてある。「締約国が男女の事実上の平等を促進することを目的とする暫定的な特別措置をとることは、この条約に定義する差別と解してはならない。ただし、その結果としていかなる意味においても不平等な又は別個の基準を維持し続けることとなってはならず、これらの措置は、機会及び待遇の平等の目的が達成された時に廃止されなければならない」。

ようやく答えにたどり着いた。女性専用車両は男性への差別感情に基づくものではないこと。不公正さは、むしろ女性の性に関する意思が軽んじられてきたことの方にあること。差別をなくすための特別措置は、差別に当たらないこと。そして、痴漢犯罪がほぼなくなれば、女性専用車両は撤廃されるべきこと。その道があまりに遠いことは、私たち社会の問題だろう。

（2018・3・22）

ポリコレが暴走していないか

トランプ大統領が就任してはや一年。人種間の反目が過去のものではなく、アメリカを分断する亀裂であり続けていることが誰の目にも明らかになった。

ダウンタウンの浜ちゃんが年末の番組で顔を黒く塗り反響を呼んだが、人種問題や異質な文化に対する「政治的正しさ」（ポリコレ）とは何なのかということが、まだ私たち日本人のあいだでは合意できていない。

ある人は、アメリカで白人が顔を黒く塗って「野卑な黒人」役を演じてバカにした歴史をあげ、だからこそ黒人の真似をギャグにしてはいけないのだと言う。アメリカではこれが正論だ。

ところが、じゃあ黄色人種が白人の扮装をしてバービー人形みたいな女子を演じてはいけないのかとなると、それはどうもそうではないということになりそうだ。

黒人差別のように明白な事例だけでなく、自分たちの文化以外のアイテムや表象を身にまとうことはその文化への侵害である、というのがいまの欧米の急進的リベラルがとる立場だ。その立場にたてば、外国人が京都でいまはやりの「舞妓体験」をすることも非難しなければならなくなって、ばかばかしいにもほどがある、と私は思う。さすがに舞妓体験で自撮りしているオーストラリア人の女の子を捕まえて非難するリベラルはいないだろうけれども、それが意識高い系のメディアによるアート写真、つまり「アジア趣味の日本か中国かよくわからないキモノを身にまとった身長一八〇センチ超の白人モデルの写真」になると、話題騒然となってしまうという現実がある。

一言で言えば、いまのポリコレは暴走しすぎている。しかもポリコレを推し進めるだけでは、問題を見なかったことにしてしまう可能性があるのではないだろうか。私は、顔を黒く塗る演出はやめていったらいいと思う。そもそもこの演出が笑いとして成り立つのは、人種の違いがあまりに強調された社会に私たちが住んでいるから。違いをそこまで意識しなくなれば、おかしくもなくなってしまうだろう。

社会を変えなければいけないときに、地上波や「VOGUE」のような上澄みのメディアだけを批判するのは楽だ。もっと違う努力をできないだろうか。

多様な人びとが自然に同居できる社会を作るためには、自分たちの中に隠されたタブーを自覚して戦慄したり、他者を身近に感じる必要がある。それができるような作品にもっと触れたらよいのではないかと思う。批判を避けたいがために黒人は悪役にせず、申し訳程度にひとり登場人物として入れておく、というような表面的なポリコレ映画を観てもあまり意味はない。例えば、その地の文化に無知であった出演者が現地の人びとに入り混じって暮らすような体験型ロケの番組、あるいは黒人社会のリアルを描き出す作品を観るとか。

その観点から実によくできた映画をこの間観た。キャスリン・ビグロー監督の新作『デトロイト』。モータウン、デトロイトで一九六七年に起きた暴動を映画で再現したものだ。デトロイト暴動がいかに些細なきっかけで起き、治安が崩壊していったか、そして警官の出動によって暴力の応酬がはじまり、黒人弾圧が過激化していく過程をリアルに描いている。

その果てに生じたある事件、アルジェ・モーテルで警官が行った「死のゲーム」が本作の核心だ。自分は果たしてこのような状況に置かれたらどういった行動に出るだろうか。加害者側、被害者側双方に身を置き換えて想像してみると、戦慄する。ネタバレは控えるとして、偏見ゆえの共感の欠如を乗り越えるには、表層だけきれいにならして問題を見なかったことにする態度では到底間に合わないのだと自覚させてくれる映画だった。甘い認識を引っぺがしてくれる体験をしに、ぜひ映画館へ。

（２０１８・１・25）

コラム 2

女子の消えない呪い

映画館に家族でよく行く。娘が五歳になってからは、家でビデオを見るだけでなくて、大人向きの映画も一緒に観に行くようになった。保育園にいつもはいていくズボンではなくて、少しおしゃれなワンピースを着て、キャラメルポップコーンとストローの付いた飲み物を買ってもらい、ちょこんとビロード張りのいすに腰掛ける。彼女はいすを高くするためのクッションがどこに並べてあるかもちゃんと知っていて、通りがかりに自分でひょいと取っていく。私が長期出張中に、父親と二人でスタジオジブリの新作アニメ『レッドタートル』を見に行ったらしいが、ママがいない出張中に見るべき映画ではなかったらしい。二人とも悲しくなって、涙声でスカイプ（インターネット電話）をしてきた。

でも、このあいだ観に行ったのはもっと子ども向けのディズニー映画、『モアナと伝説の海』。族長の跡取り娘が、ココナッツの病気や魚の枯渇で食料がなくなってしまった島の人びとを救うため、祖母に聞かせられた伝説にしたがって禁じられた航海に出る話だ。魔法や伝説の要素がちりばめられてはいるものの、基本的なストーリーは自分探しであり、束縛からの解放である。社会の中で自分の役割を見つけ、責任感を見出して生きるという自己実現の物語。そこへ、西洋ではないお姫様を持ってきて多様性に配慮したり、男性ではなくて女性を族長の跡取りにしたりするところは、いまのディズニーらしい「政治的正しさ」への配慮だったろう。

ディズニーはここのところ強い女性像を打ち出し、新しいプリンセス像を定義しようと必死に頑張ってきた。そんなムーブメントの一つの頂点が『アナと雪の女王』だった。『アナ雪』は空前のヒットで世界的な社会現象を生んだ。

子どもが通う保育園では、ちいさい女の子たちが魔法の能力を封じ込める手袋のかわりに靴下を手にはめて歌い踊り、「呪い」を背負って「いい子の呪縛」から自らを解放するのに夢中になっていた。

本当にわかっているのかしら、あなたたちまだそんなに抑圧されたことないでしょ、とおかしく思いながら、ちいさな真剣な眼差しにうたれたものだ。結婚が人生のゴールではない。世界で一番美しい女の子を主人公にする必要はない。真実の愛なんてその日に遭った男性との間に芽生えるもんじゃない。女性の恋愛対象が男性である必要すらない。これまでの世間の価値観を「相対化」する試みは、きっとあのとき一段落したのだろう。

それでも、「主役」になれる人がごく限られているという呪いは消えない。主役はやっぱりお姫様だ。仮にそう呼ばなくとも（モアナはお姫様と呼ばれることに抵抗し、「族長の娘よ！」と言い返す）。お姫様はきまって綺麗で、頭もいい。

族長の娘は人びとを導き、決断する人でもある。自分の家の食料戸棚の在庫を気にするだけでなく、みんなの食糧事情を気にする役回り。ディズニーは女の子に内助の功を果たすだけでなく、本当のリーダーになれと説いている。いささか押しつけがましいが、ディズニーが象徴してきた西洋は、いつも進歩を望んでいるのだ。ディズニーは、時代が変わってもきちんと自分たちの役回りを背負い続けている。「ロールモデル」が心優しき妻から、芯の強い指導者に変わっただけだ。ただ、現実には指導者になれる人はとても少ない。

子どもたちが劇場で世界を救ったヒロインに歓声を上げる中、大人たちはちょっと苦労している。大人たちは世界の行く手についても、社会の変化に対しても、仕事と育児の両立についても、これという解に到達していない。ある人は懐古趣味に走り、ある人は自分を傷つけるすべてのものを拒絶してみたりしている。大人たちこそ、傷ついているのだ。

トランプ大統領が登場してひとつだけよかったところを挙げるとすると、何か停滞した感じが微塵もしないことだ。彼は、世界は放っておいたら壊れかねないということを教えてくれたし、このままなんとなく、社会が似たような均質なところへ収斂していくのではないかという幻想を打ち砕いた。私たちは進歩のための努力がまだまだ必要だと気付いたのだ。靴下を手にはめて踊っている子どもたちのために。

（2017・6）

第3章　女性であること、自由であること

「配偶者控除」決着の落としどころ

この間、私のインターネット番組で、非正規社員にもボーナス支給をという政府の方針を取り上げた。非正規に賞与をあげるというと太っ腹な提案のようだが、インタビューした人事コンサルタントの城繁幸さんによれば、企業は政治に付き合うフリをして月給を減らすだろうということだった。

労働者の四割を占める非正規のうち七割は女性だ。多くは、「専業主婦」であるパートさん。残り三割の相当部分を定年退職後の高齢者が占める。若い男性の非正規というのは案外少ない。

マスコミは新しいニュースが入って来ると自動的に飛びつく。非正規の待遇向上は、ボーナス云々にかかっているわけではなく、パートタイマーの女性の時給相場にかかっているのだが、どうもそこは論じられないで終わってしまう。

日本のパートタイマーの時給は、先進各国と比べても本当に低い。その裏には、年額一〇三万円の壁と言われる配偶者控除による影響がある。この配偶者控除は、本来は正社員の夫とパートの妻にお得なシステムのはずだった。でも、家計を支えるため低い賃金でもいいから短時間で働きたいという人が一定数マーケットに供給されてしまうと、企業には時給を上げる理由がなくなってしまう。だから、結局それではお金が足りないと思って、もう少しいい待遇の場所で働きたくても、一〇三万円を超えてなおかつ控除のお得さをひっくり返すほど賃金上昇は期待できない。製造業で非正規男性社員の正社員化が進んでいるのは人手不足のためなのだから、マーケットをゆがめさえしなければもっと賃金は上がるはずなのだけど。

配偶者控除は、女性の社会進出を阻む象徴的な存在だったと思う。それは専業主婦世帯の「特権」だからではなくて、余裕がなくて働きに出ても主婦は低賃金しかもらえないから。その構造に、時間を制限して働く一人親が落ち込んでしまう。一人で家計を支えているのに、低賃金の職にしかありつけない。日本において子育てと労働を両立することの難しさ。

専業主婦と働く女性のあいだに分断が生じれば、政治がその分断を利用する。自分が選んだ生き方を肯定したい、不利益を被りたくないと思うのは自然だろう。実際は、多くの働く女性が専業主婦である実家の母などの「おばあちゃん」に子育てを依存していたりもする。

皆によい結果をもたらすのではなく、分断を利用することを選ぶ政治家たちがいる。「運動」のために専業主婦のつらさに目を向けなかったり、共働き世帯の長時間労働と家事育児の両立を無視して、余裕のある家庭のあり方ばかりを理想としたり。

そんななかで、政権は配偶者控除改革の梯子を外したのだった。抜本改革は先送りされ、なんだかよくわからない複雑な制度に落ち着いた。一定以上の収入がある共働き世帯への増税だけはちゃっかり実現している。

税金は、人が働いて得たお金を国が強制的に奪っていく生々しい権力行使。そこをどうやっていじるかは政治だけれども、この改革案は実に日本らしい手打ちに落ち着いた。改革の雰囲気を嗅がせて期待値を高める。次に、保守派の巻き返しを認めて満足させる。

最後に、官僚主義的な落としどころに落とす。

税の三原則は、公平・中立・簡素であるという。今回の税制改正では、「中立」と「簡素」はかえって悪くなった。マスコミも、想定通りのシナリオだったせいか、ほぼスルーで話題にも議論にもならなかった。

カジノより一〇〇倍重要な問題と思うのだけれども。

（2017・1・19）

石原慎太郎さんに「旧体制」を思う

築地市場の豊洲移転をめぐる石原慎太郎さんの三月三日の記者会見を見ていて、気づいたことがあった。目をぱちぱちやりながら言葉を絞り出す、あのスタイル。お年なのもあるだろうけれど、言葉の選び方に慎重な作家としての性分なんだろうと思った。それが、どうも今のテレビには映えなかったのだ。石原さんの言葉の中身をきちんと追えた人は、質問者の理解が追い付かずに生じているすれ違い、ねじれみたいなものを感じ取ったかもしれない。その時空のゆがみが、テレビカメラの先にあるスタジオでは「逃げている」「苦し紛れ」という風に受け止められたようだ。

追及している側は世間を背負っているような気でいる。決まった質問を浴びせ、壮大なハンマーを振り下ろすことしか考えていない。そこに調子を合わせて「私が悪うございました！」という盛大なお詫びの構図を作ればピタッとはまったろう。主役は過去を振り返り、（どうしてこうなってしまったのかと）適度な困惑を交えつつ、とにかくお騒がせして申し訳ない、と潔く謝るのが日本では良い謝罪会見とされる。

しかし、石原さんは違った。ご老体はなぜか丸腰でやってきて、契約の細部について法的な理論武装をすることもなく、正面から「豊洲に早く移転すべきだ」、小池百合子都知事に「不作為の責任がある」と言ってのけた。記者も司会も、それでは説明責任が果たされていないと感じ、なぜ当時の副知事に今からでも経緯を聞かなかったのか、と問い質した。けれども、それは石原さんの問題提起とはすれ違っていたのだ。

今こうやって騒ぎになっているのはなぜなのか。豊洲はベストではないとしても他に選択肢がなかったではないか。安全対策に必要以上のお金を都に費やさせたのは誰か。移転話がまとまっていたところに火をつけたのは誰か。彼が世間に投げかけたかったのは、そんな問いだった。

エリートとメディアが作り出す「体制」。それを支持する集団の雰囲気。そういったものと俺は戦うんだという自己定義を、彼はいまだ崩していない。だからこそ、小池さんやその背後にいる「体制の空気」と戦っているつもりで問題提起したのだろう。御年八四歳にして、恰《あたか》も第二次反抗期のように「果し合い」と大見得を切る。日頃から散り際を気にしている石原さんが、世間が求める「斬られ役」としての美学を採用しなかった裏には、そんな彼なりの戦いの定義があると思っている。

言ってみれば、この戦いは二人の人間の世界観の衝突であるだろう。小池さんは、女性を虐《いじ》める男性エリートや利権と戦う。石原さんは、「体制」に雪崩を打って従うポピュリズムと戦う。両者ともに、自分こそが悪との戦いを繰り広げているという認識を持っている。そこで石原さんに腹切りの美学を迫るメディアは小池さんの世界観になかばのっかってしまっているのであり、彼を「旧体制」と見る視点は石原さんの自己イメージとはまるで異なる。

会見後、各メディアは石原さんをこっぴどく叩いた。そんなメディアの心理は一体どんなものだったのかを考えた。どうも、彼の問題提起を正面から取り上げる気がある媒体はいないようだった。自分たちの問題設定と合わなかったら、相手の話をまるで聞かない、それで本当によいのだろうかと思う。もっと言えば、メディアは彼を「旧体制」

と位置づけたから存分に叩いたのではないか。メディアは「体制」こそ本気で叩かないが、潮目が変わった後に「旧体制」を叩く際は容赦しない。

けれども、陰謀渦巻く奥の院の「顔」だと巷で思われ始めている男が、いまだかつて自分をエリートだと思ったことがなく、今後もそのまま生きていくであろうことを考えると、あの、必死にパンチを繰り出す会見でよかったのではないかと思う。

（2017・3・23）

「反体制」という物語を日本が失った先

前回、石原慎太郎さんの「終わらない反抗期」について書いた。実は、石原さんは湘南高校の大先輩でもある。私がいた頃は、母校の卒業生と言ったら石原さん、という感じで誇りにされていた。湘南の卒業生に有名人は沢山いるのだが、彼を特別視するのは抜群の知名度に加え、湘南ボーイのイメージが強いからだろう。とはいえ、彼は決して模範生ではなかった。終戦直後に高校を一年も休学していて、いわゆる不登校だったという。

この世代で反権力を根っこに持つ人たちは、終戦を跨いで教師の言うことがガラッと変わったことへの不信感を原点としていることが多い。自然と、彼らの反抗は「政権」「世間」という自らを窒息させ、萎縮させるものに向かう。

反米しかり、反権力しかり。自我を抑圧する存在にドン・キホーテのような戦いを挑んできたという自画像を持つ人は多いのだろう。自我に突き刺さった棘で膿んだ傷を癒すために若者がやったことは、ぶっ潰してやること、笑ってやることだった。人びとを監視するビッグブラザーとしての米国や政府の権力に対抗するための「男らしさ」「享楽主義」「豊かさ」。こうした要素は、文学作品にも反骨ジャーナリストの表現にも繰り返し登場する。

日本の反権力とは必ずしもリベラルではなく、ポストモダンでもなかった。むしろばりばりにモダンなものであったということなのだろう。乱暴に言ってしまえば、そのような世代の男性は右も左もマッチョだ。多少の個人差はあっても、その傾向は否めない。

年々明るくなる賑やかな街があって、テレビが導入されて、皆でオリンピックに沸いて、そんなことを繰り返しているうちに、ビッグブラザーもいつしか不在になった。アメリカの尻尾を引っ張って、引き続き何とか沖縄に米軍を駐留させようとする政府の企みが評価されているくらいだから。

機会があれば石原さんに聞いてみたいのは、変わってしまった世界、変わってしまったアメリカに、いまならどう向き合うのかということ。

石原さんが、中国を「シナ」と憎しみを込めて呼ぶとき、それは若き日において彼の男性性を抑圧していたアメリカに対する憎しみを、中国が代替しているにすぎないのではないかと思うことがある。

反体制派だったはずの右派は、いまや「物語」を失ってしまっている。「物語」とは社会が共有する集団的な自画像であり世界観のこと。自分が生きる生をより意味あるものだと思うために倚りかかる突っかい棒、しゃんと背筋を伸ばして生きるために芯となる背骨。いったんは確かな「物語」を手にしていたはずのその世代は、いずれにしても徐々に社会の表舞台から去りつつある。

西洋では新たな物語が選択されている。ＢＲＥＸＩＴやトランプ現象をはじめ、大きな出来事が立て続けに起き、激動の数年を経て様々な本音が表出しそうだ。対照的に、時を忘れてしまったかのような、変に静まり返ったこの国で私たちはこれからどうするのだろうか。

物語なんていらないんだという生活保守の人と、いやそれでも夢を見るんだという変化を求める人とのあいだで揺れながら、私たちはオリンピック後の日本を生きていかねばならない。

（2017・3・30）

日本が夢を諦めたとき、女たちはどうすればいいのだろう

大きな「物語」を戦後世代が失ってしまったのではないか、という話をした。書いていて、ふと気になったことがあった。太陽族が闊歩していた時代、女たちは一体どこで何をしていたのか、ということ。高度経済成長期の進歩や享楽は、女性にどんな痕をとどめたのだろうか。

結婚が「進んだ女性」にとって格好悪いことだった時期があった。結婚とはすなわち糠味噌臭くなることだったから。私の母が若かった頃、世間で最も「進んだ女性」像を提供していたのは、独身主義を謳歌していた上野千鶴子さんだった。アグネス論争で勇名をはせたフェミニスト。

上野さんより七歳年下の私の母は、頑張っていい大学に入り、学生結婚で家庭に入っ

た。ちいさい頃、父の実家に帰省すると、夜、大人たちがお酒を交え議論に興じる中、まだ二〇代だった母は大きな笊《ざる》で一〇人分のお米を研いでいた。嫁として母として、一番若くても一番地味な格好をしていた。朝起きると、きまって台所に母が立っている。私は料理のにおいにつられて鍋をのぞき、母にまとわりつく。その手は水に濡れてふっくらと柔らかく、びっくりするほど冷たかった。

「物語」なんかではなく現実と向き合わざるをえなかった「母」たちは、太陽族の頃から世代を超えて、ずっと温和しく立ち働いてきた。世間に出たとしても、電車で保育所と仕事場を往復する日々。子どもをおんぶしながら毎晩お味噌汁を作って。

母を見ていたのに、私自身もまだ何者にもならないうちに二二歳で結婚した。自由が欲しかった。東京に住みたかった。比較的厳しい家庭に生まれた私にとっては、結婚でさえ何らかの「進歩」だった。

自分は結局保守的な生き方をしていても、世間が上野さんを叩くやり方には不健全さを感じてきた。「〇〇の幸せを知らない」。この〇〇に入るのが、家庭だったり、子育てだったり、男との生活であったりするのだが、そもそも大きなお世話であるし、相手に成り代わることができないのだから、なぜ自分が相手よりも幸せだという確信を持てるのか意味が分からない。上野さんに保守的な生き方を批評されて腹が立つというのは分かるが、本心では嫌いな相手を幸せにさせたいと思っているわけでもないだろう。

ところが、最近までフェミニズムの先駆者としてひた走っていた上野さんにも気になる変化が見える。先日、彼女は東京新聞・中日新聞の取材に、世界ではびこっているような排外主義にはなりたくないから、日本には移民受け入れは無理だと答えた。いま日本に住んでいる「私たち」の生活さえ安定していれば、その先の夢なんか見なくていいんだ、と言っているように私には聞こえた。

右も左も大きな物語を求めた男性社会が、物語を失っているのは確かだろう。でも、一九七〇年代以降、一時期隆盛を誇った女性運動には、そもそも何らかの物語があったのだろうか。自分自身が駆け抜ける夢の、その先の社会の青写真。最近それが問われているような気がしてならない。

私の胸の中にも、夢なんか見なくていいんだという声は潜んでいる。煮干しの頭とわたを取って、寝る前に行平《ゆきひら》の水に浸しておくことの方が、SNSを見たり大文字の政治に思い悩むよりも心穏やかに暮らせる。けれどそんな声がする時、私は子どもが〇歳だった頃を思い出す。

保育園のお迎え後も仕事が終わらず、職場の床にマットを敷いてあやしたこと。赤ん坊を抱っこ紐に入れ、両手に二四時間スーパーの袋を幾つも抱えて夜道を歩きながら、ふいに訳もなく涙が出たこと。

ごめんね、ごめんね。そういいながら顎の関節の奥がきゅっと痛んだ。ぼやけた街灯の照らしだす歩道に、重たい踵をめり込ませて、私は歌を口ずさみながら帰った。負けないぞ、でもなく、頑張れ、でもなく、ただあなたの温もりを懐に感じながら。

（2017・4・6）

「セクハラ告発の行き過ぎ」を誤解してほしくない

ハリウッドでの性的暴行問題に端を発し、被害経験者が名乗りを上げる #MeToo 運動が先進国全体に広がりはじめた。

日本ではブロガーのはあちゅうさんが電通時代の上司をセクハラとパワハラで告発し、直木賞作家の中島京子さんが仕事上で立場の強い者からかつて受けた強引な誘い、性的被害を訴えた。

そんななか、フランスの大女優、カトリーヌ・ドヌーヴさんら一〇〇名が声明を発表した。この声明は、ほとんどのメディアでは、「セクハラ告発の行き過ぎに警鐘を鳴らす」という単純化された形で報じられたのだが、実際の声明はもっと奥深く、多様な論点を含んだものとなっている。

まず、声明は性的暴行の告発を高く評価している。社会で日々おきている、職権を乱用した性的暴行を明るみに出したからだ。

性的暴行とは、レイプや、権力や腕力でもって性的関係を強要すること。その意味では、言われた側が不快に感じる言葉を含むセクハラという用語は軽すぎる。殴る蹴るの暴行を迷惑行為とは報じないように、セクハラと性的暴行を一緒くたにするのは間違っているし、性的暴行を軽く見る風潮につながりかねない。

彼女たちが本当にいいたかったことは、この二つを一緒くたにするな、ということ。そして、セクハラ告発の行き過ぎは、かえって恋愛の自由や表現の自由を抑圧しはじめているのではないかということ。

声明では、ナンパや女性を口説くことを規制したり見せしめに罰したりすべきではないとしている。それは、不器用なだけの男性を社会的制裁に晒すことにもなるから。

例をあげたい。一時期炎上したCMがある。もしも道すがら美男に落とし物しましたよ、と渡されたらラッキーだけれど、醜男に同じことをされたら「引く」というストーリーだった。人びとが、性的な魅力の差が生む立場の違いをあからさまに知っているからこそ成り立つCMだろう。ぱっとしないおじさんに結婚しているかどうか聞かれればうざいけれども、いい男なら嬉しいかも、という赤裸々な事実を制裁の判断基準としてはならないということでもある。

そうした社会的制裁が妥当かどうかという論点に加え、最近の社会を見ていて、表現の自由や恋愛の自由が危機に瀕していると感じるようになった。

この風潮が続けば、女性にも男性にもあるべき話し方が強制され、性的に潔癖であることが求められるようになるのではないだろうか。現に、芸能人の不倫疑惑は、以前と違って彼らのキャリアを破壊するほどの威力を持っている。表現の自由が制限され、芸術が性愛を語れなくなる不自由な社会が来るのではないかと懸念している。

ただし、このカトリーヌ・ドヌーヴさんらの声明を受けて、日本の週刊誌がようやく言ってくれたとばかりに「セクハラ告発の行き過ぎ」という論陣を張るのはいささか性急にすぎるだろう。日本の #MeToo は低調で、まだまだ米欧の状況は当てはまらないのだから。地方自治体や大手マスコミの中でさえ、職権を乱用した性的暴行が起きていると日々報じられている。現に、ドヌーヴさんは声明を通じて性的暴行の被害者には苦痛を与えてしまったことについては謝罪している。

それでも、もしも志を高く持とうとするならば、声明は正論だ。女性は男性にノーという自由を行使すべきだし、その意識変革こそ大事だ、と。女性が弱者として守られるべきだという価値観に基づき、「不都合」が起こらないように男女の接触を避けようという考え方こそ、近代がひっくり返そうとしてきた保守的価値観なのだから。同時に、声明では、性的対象として見られることで「汚された」と女性が考える必要はないとしている。

「汚された女」という表現は、処女性に価値を置き、女性が当たり前にノーといえない社会を前提とした価値観の上に初めて成り立つもの。そんな原始的な表現は私はいらない。


（2018・2・1）

だから#MeTooの人民裁判は終わらない

福田淳一財務次官のセクハラ問題がちょっと前の週刊新潮で報道された。証拠の音声も出ているのに、本人は当初報道内容を否定したので、二度びっくりさせられた。あまりの全否定ぶりに新潮もはめられたのかと危惧したが、その後は結局言い訳しかでてこず、あれよあれよという間に辞任に至った。

これまでこの件について書かなかったのは、当初あまりに情報が錯綜していたからだ。被害者はテレ朝の記者らしいと業界内でほぼ確定してからは、テレ朝社員の思いや、同業他社の話を聞いてまわった。

報道に携わる人びとと触れ合っていると、録音データを他社に流すことの深刻さは一般の人よりも察しがつくところがある。しかも麻生大臣や安倍総理についての小ネタが録音されている箇所も同時に流したために、より悪い心証を業界内に与えたことは確かだ。しかし、出てきている情報によれば、テレ朝の上司こそが（彼女のためを思ってということだが）、告白を受けながら黙っていることを勧めたわけで、双方を天秤にかけると、同情の要素が働く。

#MeToo 運動とは、通常の司法プロセスでは裁きにくかった加害者に対して社会的制裁を与える運動だ。つまり、その性格からして人民裁判の要素がある。だから通常の手続きを踏み越えてよいという正当性を獲得し、そのことが、罪の重さと裁きの均衡を重視する人たちの懸念を呼んでいる。

対して、私はどちらとも決めきれないところがある。進歩のためにこうした運動は必要だけれども、その後速やかに社会の通常の手続きの中で裁けるようにならなければ、と思う。

思い出すのは、大統領選直前にトランプ氏の女性蔑視的な音声テープが出回ったときのことだ。周りのエリート男性たちは「よし、これでトランプは終わった」と言った。その言葉を聞いて、私はあっけにとられた。本当にそうだろうか、と思った。私はそのくらい無礼なおじさんには日々遭遇していたのだから。ふと横を見ると、事務の女性と目が合った。一瞬交差したその眼差しに、ああ同じことを考えているなと思ったものだ。

これまで生まれ育ってきた文化のなかで、自制心は自然に身に付けてしまっている。どれほど罵倒され軽んじられ、べったりとした性的な加害の欲望につつんで支配欲をおしつけられても、わずかでも反応することで相手と交信することのほうが耐えられない。

それでもうちへ帰ると悔しくて、自分が汚れてしまったような気がする。記憶を払い落としたくてビールを呷っても、頭を掻きむしっても、脳裏にべっとりとくっついて離れない。そんな経験をしたことのない人たちが、人口の約半数を占めている。

私たち被害者には、暴力が自分を搦《から》めとろうとする瞬間的な危険を察知するセンサーが備わっている。理解のありそうな、温厚そうな人間が二、三秒の間に豹変し、人前では直ちに元のモードに戻る能力があることを知っている。そうやって、飲みの席が危ないことも、エレベーターに迂闊に同乗してはいけないということも覚えていくのだ。

何とか自分の身だけは守ろうと必死に泳いでいく被害者の周りには、そんな暴力に遭ってきた女性たちが死屍累々と横たわっている。そして必死に業界を泳ぎ渡っていく彼女たちを傍観する人たちがいる。

やめてください、言いますよ、とかわしながら彼女たちは切り抜けていく。傷を最小限に食い止めるべく必死に泳ぎきるうちに、いつしか安全圏に到達し、当事者性を失っていく。そんなことの繰り返しを止めないと、#MeTooの人民裁判は終わらない。

（2018・5・17）

「性暴力疑惑」を報じる価値

週刊新潮の報道に続き、詩織さんという女性によるＴＢＳ元社員の山口敬之氏を告発する会見があり、山口氏の性暴力疑惑が取りざたされている。部外者の私には真相はわからないが、世の中にこういう事件が少なくないことには変わりがないだろう。

私は、軍を研究対象にしているから、組織が所属する人間の不祥事にどのように対処するかということに関心を持ってきた。基地周辺での性暴力事件のもみ消しは世界中の軍で起きることだし、あるいは組織内における地位を利用した暴力もある。どのような組織でも、一体感の強い集団は、突発的な事件が起きた時に自浄作用を働かせることがとても難しい。それは会社も官僚組織も同じこと。

とりわけ、組織内での上司部下や取引関係者など、権力関係にある間柄において性暴力が起きると、組織は難しい対処を迫られる。その組織の日頃のあり方が問われることになるからだ。今回は、就職に関する相談で両者が食事に行っていることは明白だから、日頃から自らの地位を利用した強要が起きていないか、組織文化やマネジメント層の資質が問題になるだろう。

そして、犯罪捜査は必ず公正にベストエフォートで行われなければならない。

性犯罪の厳罰化は、時代の流れでもある。昔はそんな概念すら存在しなかった。父親や夫など誰かの「所有物」にすぎなかった女性が、人間として当然の権利を手にするようになったのだから、こんな当たり前のことはわざわざ言う必要もないと思っていた。けれども、ツイッターで詩織さんの会見を紹介し、犯罪捜査・立件の公平さの検証を求めたところ、ものすごい数のリプライがきて、「ああ、これは初めから説明しないといけない案件なんだ」と思ったのだった。

まず、関係者の性生活や身なりは、犯罪やその捜査に何の関係もないということ。その二つを自分の頭の中で結びつけてしまうのは、きちんと考えられていないから。殺人に置き換えてみたとしよう。嫌いな人を殺したいと思っていたとして、本当に殺してしまったら処罰されるのは当然だ。人間の衝動と、法律上やっていいことを峻別しないといけない。これは幼稚園や保育園で教わるような基本的なことなのだけれども、なかなか大人に浸透しない。

次に、有名人のスキャンダルだということと、犯罪それ自体とをきちんと分けて考える必要がある。日本は法治国家で、罪を犯せば誰でも捕まる。政治的思惑があろうがなかろうが、犯罪であればそれとは切り離して捜査する必要がある。

と、ここまで書いたところで、本当に言いたかったことを書く。

性犯罪の被害者が顔を出して会見をするというのはたいへん勇気がいることだ。そして、その勇気に戸惑った世間は、想定通りの反応をした。衝撃に耐えられず、詩織さんの事件をそっちのけに、自分が元々憎んでいる敵への攻撃に走ったのだった。いわく、詩織さんを利用した政治勢力のでっちあげなんではないか、とか、山口氏は政権寄りのジャーナリストだから政権の悪なんだ、とか。

本件をメディアで論じる意味は、詩織さんの苦しみに応えられなかった警察が誠実に対応するきっかけを作ることであり、性犯罪対策のためだと思う。また仮に捜査に不公正さがあったならば、責任の所在を明確にする必要がある。それ以上でも、以下でもない。

（2017・6・22）

性犯罪捜査が抱える根深い闇

前に書いたように、性犯罪の被害者が顔を出して会見するという慣れない現象に戸惑った世間は、詩織さんの会見について予想通りの反応をした。性犯罪捜査の問題、被害者に対するセカンドレイプなどの問題を改善しようというのではなく、政治闘争に利用してしまったのだった。

政治利用は、体制側と反体制側、双方から行われた。元々の週刊新潮の報道からして、独自情報を取ってこられるほど体制よりだった山口氏の逮捕を取り止めた当時の警視庁刑事部長の判断が、私情や政権への忖度を含んでいなかったか、と問題提起する内容だった。それを受け、逆に詩織さんの会見は筋悪な政治運動であるという噂が一部ネットに流れた。他方、反体制の人たちの多くも、この事件に体制批判の文脈しか見出そうとしなかった。

自分の事件が性犯罪そのものからずれたところで利用され、罵られ、デマが次々と再生産されて増幅していく――彼女の心痛たるや、察するに余りある。

この告発は、組織内の権力関係や仕事上の取引関係を悪用した性犯罪が多いことを改めて浮き彫りにした。密室で録画された証拠でもない限り、合意がなかったことが立証しにくいという、日本の性犯罪捜査が抱える根深い問題も。

実際、山口氏は証拠不十分とみなされて不起訴扱いになり、検察審査会でも不起訴相当となった。真実と、立証できるものとは違う。それは冷厳な事実としてそこにある。しかし、そもそも準強姦罪（現在は準強制性交等罪）とは、泥酔や意識のない人に対して行われる強姦のこと。現行の検察の体制では立証できないと思われたとしても、意識を失った人間をホテルに引きずり込むのが、完全にゲスな行為であることを否定するものではない。仮に泥酔していたのだとしても、連れていくべき先はその人の親御さんのもとか、あるいは病院なのだから。

先週、文藝春秋から詩織さんの本が刊行された。私は出版社の依頼でゲラを拝読する機会に恵まれ、一読して深い感銘を受けた。どのような幼少期を送ったかということから説き起こされる彼女の人生。垣間見える強靭な意志とチャレンジ精神。

そこに書かれていた文体は歯切れがよく、ある種英語の論理構造を取り入れて進化したような明快さをもつ日本語だった。二言語以上の表現方法を持つ人は、母語の文体も自然と他の言語体系の影響を受けるようになる。二カ国語以上の言語を操る人の発音の音域が広いのと同じで、優れた日本語でありながら、同時に論理性や情感に幅があるということだ。

日本では、自立した個人である女性をあまり頻繁に目にすることはない。未知の世界での長い自己研鑽と、そこで身に付けた自信。詩織さんは同意なきセックスに泣き寝入りしない、いわば「外国人」になっていたということ。相手に誤算があったとすれば、それは彼女が弱い女性ではなかったということだろう。

潰された自我が強いものであるほど、打ち砕かれたときの痛みは大きい。暗い出版社のビルを出ると、太陽が眩しい日差しを道路に投げかけていた。アスファルトの照り返しがきびしく、空気の中に暑さが充満したような午後。私の鼓膜の奥には、まだ叫びのような残響が尾を引いていた。しかし、ひとり道を歩いて帰るうちに、その余韻は何らかの喜びに変わっていった。私は、潰されなかった彼女の自我を言祝《ことほ》いでいたのだった。

（2017・11・2）

皺だらけの身体の中にある魂

フランスの女優、ジャンヌ・モローが亡くなった。そのニュースを聞いてすぐ思い出したのは彼女の声だ。そしてあの眼差し。少し跳ね上げた黒いアイラインの、眼尻の方からじろっとこちらを見る視線。煙草を咥えて下がった口角には、満たされない欲望が湛えられていた。けれどもそれはギスギスとした不満ではなく、あくまでもエレガントさに包まれている。

お酒や煙草で焼けてしまった喉から出る低い声は、乾ききった音の奥に湿り気があって、聴いているこちらに沁みとおるようだった。マルグリット・デュラス原作の映画『愛人／ラマン』のナレーションはとりわけ記憶に残っている。映画の始まりのところで、モローの声が聞こえた瞬間に私はぞくっとする。しゃがれた声が聞いている者を湿気に富んだインドシナへと誘い、瞬く間にデュラスの追憶の中に引き込んでしまう。

『愛人／ラマン』のあまりに有名なエンディングでは、主人公の少女がフランスへ航海する最中にピアノ弾きがショパンの調べを奏でる。そこで初めて、少女は自分の恋の一部始終を思い返すことになるのだ。母親にぶたれて育ち、年上の現地の男に何度も抱かれたこと。不誠実で差別的な自分や家族の態度を詰《なじ》られたこと。欲望に引きずられ、自らの心身を虐め抜き、ただ生きることに本能的に精力を傾けて立ち止まらなかった一五年間。

ひとり静かにピアノの音を聴いたとき、封印していた心の痛みも体の成熟も、現実のものとして彼女のもとへ降りてきてしまう。生まれたときにはヒトという動物だった子どもが、「女」になり「人間」になったという解釈もできるだろう。

どんなに痛みに鈍感になっていても、一度何かをきっかけにそれを感じてしまうと、感情が堰を切って溢れ出してくるものだ。自己防御の鎧が解け、心がむき出しになれば、感じられるのは痛みだけではない。毎日学校へと通う道の、ぬるい水辺の匂いも蘇り、自分が傷つけた人の眼差しもありありと浮かぶことになる。ピアノの音をきっかけに、その場面場面を、同じだけの苦痛を感じながら追体験する。大人になってから追体験するときの痛みはもっと激しい。

いつも思う。自分の心の痛みを感じられない人に、他人の痛みは分からないのではないかと。

デュラスが、少女期を送ったインドシナからフランスへ渡ったのは戦間期だった。フランス人でも、すべての植民者が豊かだったわけではない。いましがた離れてきた故郷には、貧しさと無知ゆえに人びとがものを奪い合い、下僚が民衆のお金を掠め取っていく社会があった。船から降り立ったフランスは、さぞかしきらびやかで洗練されていたことだろう。彼女はすぐには本国に馴染めなかったに違いない。

デュラスは、『愛人／ラマン』よりも粗削りで自伝的要素が強い『太平洋の防波堤』を発表した数十年後、それを刈り込み、磨き込んで、年の差が開いた現地人との恋愛を主とする『愛人／ラマン』に仕立てた。それは確かに洗練された小品だったけれども、私は『太平洋の防波堤』のリアリティが好きだった。

実は、モローは晩年のデュラスも演じている。『デュラス　愛の最終章』という邦題の映画は、二〇〇二年にフランス映画祭横浜で上映され、私はいまの夫と見に行った。

デュラスはインドシナの思い出を抱えつつ、その後の長い人生をフランスで送ってきた。老年になって、彼女はヤンというゲイの若者の面倒を見るはめになる。映画の中で、モローはそのヤンとの日々を、深い理解をもって演じていた。彼女は役柄と一体化していて、どっちがモローでどっちがデュラスなのか、私は混乱した。

人間、年を取ってしまえば、人種も生まれつきの容姿も超えて外見は似てくる。しかし、その皺だらけの身体の中にある魂こそ、永遠にその人そのものなのだと思う。

（2017・8・31）

ファースト・レディーは「ポイズ」が大事

七月一四日はパリ祭。白い空が薄青く少し曇った天気の中で、トランプ大統領がメラニア夫人を同伴し、マクロン大統領、ブリジット夫人と連れ立ってアメリカの第一次世界大戦参戦一〇〇周年を記念する外交が行われた。メラニアさんは焼けた肌に似合う赤いツーピースを着て、真っ白い構築的なフォルムのミニワンピースを着たブリジットさんとセーヌ川をクルーズした。二人は常に堂々としていて、独特の力を感じさせた。

私はフジテレビのパリ支局長の後藤譲さんと中継をつないだとき、その映像を見せてもらったのだった。後藤さんは、近くにいたブリジットさんと目が合ったように感じ、強い目力に感銘を受けたとのこと。「もっていかれちゃったんですね」と、つい彼をいじってしまったことはさておき、確かに、あの二人の貫禄は常人の追いつけるところではないようだ。

日本語で貫禄と言うとなんだか横綱のようだが、もう少しエレガントな気品を含んだものを、英語では「ポイズがある」という言い方をする。自分がどう振舞えばあるべき役割を果たせるかを分かっている象徴としてのファースト・レディーは、やはりポイズが大事。政治指導者とは違うけれども、自制心や責任感を求められる点では同じだから、単に着飾っていればよいわけではないのだ。

ファッションなんて、とバカにする人もいるだろうが、服装には外交的な意味合いが込められている。例えばメラニアさんがフランス人のデザイナーによるトリコロールカラーのドレスを晩餐に着たのも、両国の国旗の共通色を通じて友好や相手の文化への尊重を示すポーズだ。

女性の政治家も少ない日本では、ファースト・レディーは一番輝く存在に思えるかもしれない。ただ、人生の主人公でありつづけたいと思う強い女性にとっては、配偶者が大物であり、常にその妻としてのみ認知されるというのは、案外ストレスがたまることだ。連れ合いを支え、助言し、大統領にまで育て上げた内助の功を、夫は出世して自信を深めると容易に忘れてしまう。ヒラリーさんが夫のビル・クリントン大統領にホワイトハウス内で浮気されたときの怒りようはすごかったというが、私が察するに、肉体的な裏切りよりも大統領として「調子に乗っている」夫が耐えがたかったのではないだろうか。

ファースト・レディーになりたての頃のヒラリーは輝いていた。それこそ、ブリジットさん顔負けに。政権の八年間のあいだに、ヒラリーも年を取り、疲れはて、夫のスキャンダルに苦しんだ。そこで彼女は、今度は自分のための人生を生きることにして、上院議員選挙に出馬したのだった。

こんなことを考えていたのは、今日たまたま会った女性が不幸せそうだったからだ。彼女は、傍目には周りのそこそこ幸せそうな人と比べて同じかそれ以上に恵まれているように見えたのだが。家庭は円満なはずだけれども、いろいろなことが気に入らず、不満で所在なく退屈そうだった。

彼女と別れてから、なぜ不幸そうなオーラを出していたのかを考えていた。あるいは、自分が何を求めているのかわからないで迷子にでもなっているのだろうか。

自分を見失うというのは、不幸の素だと思う。もし、いまの生活が自分の選択であると思えれば違ったのかもしれない。日常生活でも、もう少し自由なことができる感触があれば違ったのではないかとも思う。

生き方を選べない。稼ぎも増やせない。夫にも限界を感じ、夢を子どもに託すしかない。収入が自由にならない女性はよく、一〇〇〇円の似たようなものを三個とか、買ってしまう。それが、自分の自由になる範囲の額だから。少しでも、自由を行使したかったから。

世の中の半数を占める女性がいまよりも自由に生きたとしたら、幸せの総量は増える気がする。駆け出しの二人のファースト・レディーは、胸を膨らませているだろう。いま、未来を見据えている彼女たちの顔が不幸で曇ることがないとよいな、と願った。

（2017・8・10）

コラム

ほんとうの自由と規律

子どもが大きくなってくると、ある日突然自主性を主張しはじめる現象にぶつかる。自由を求めて、ということなのだろうか。いままではいったん「いや！」という程度で、基本的には言うことを聞いてくれていたものを、より強く拒否するようになったり、わざとのろのろとしてみたり、と反抗している。

そんな覚えはちいさい頃の自分にもあったけれど、近頃そんなことが続いたのであらためて驚かされた。自分が呼吸できる空間の広さを広げようとして、親を試すために言うことを聞かないで少しずつ違うことをしてみたり、真逆のことをしてみたり。

面白いのは、そんな中でもやりたいことにはすぐ飛びつくところ。常にきらきらとしたものや楽しいことに目を奪われ、あれもやりたい、これもやりたい、と思っているうちは素直だ。退屈したり、精力を持て余すとだんだん難しくなってくる。私はもう子どものありあまる体力に追いつけなくなってきているので、その要求に応えようとするとたいへんだ。

そんな活発な子どもに読んであげると、大人しくじっと聞いている本がある。メアリー・ポピンズのシリーズものだ。メアリー・ポピンズは家庭教師（ガヴァネス）といわれる職業婦人で、ロンドンに住むバンクス家の子どもたちの面倒を見に、ある日突然やってくる。黒いこうもり傘で空から降りてきたその人は、鼻がツンと上を向いていて、地味だけどスマートな着こなしをしている。口を開けばそっけなく、ぴしゃっとやり込めたり皮肉を言ったりする。子どもたちがやいのやいのと理屈を言うと、「口を閉じてくださいさい。さっさと着替えて、さもないと……」というような味も素っ気もない脅しを突きつけ、子どもたちの質問にはあまり答えない。巷でいわれている最近の理想の子育ての真逆をいくような規律と教育方針だが、子どもたちはメアリー・ポピンズが大好き。

一つの理由は、メアリー・ポピンズといるとたまに素敵なことが起こるから。魔法のようなことが現実に起き、規律正しいメアリー・ポピンズの印象と真逆に、世間の常識を覆すような行動をしてもよいことになるのだ。あべこベターヴィーさんのように逆さになってみたり、星を空に糊でぴしゃぴしゃと貼付けてみたり、夜の動物園で動物たちが檻から出てきて会話をしたり。たわいもないことなのだけれど、日常の規則や同じことの繰り返しに飽き飽きとしている子どもは、目を輝かせる。

想像力というのは、伸ばしてやるとどんどん膨らむけれど、やってみないと育たない能力のひとつだ。考え、夢想する時間がないと、育まれないから。子どもの退屈は、そういう意味で貴重な時間でもある。バンクス家の子どもたちには、いままで面倒を見てくれたり甘やかしてくれたりする人はいても、そんな自由な発想を見せてくれる人がいなかったのだ。

もう一つの理由は、やはりある種の規律。こういうと変に聞こえるかもしれないけれど、子どもたちは反抗しながらも従いたがっている。やはり人間は集団行動が好きなのだ。ただし、そこには尊敬できる確固とした人がいて、自分たちをきちんと見てくれている、話を聞くべき時には聞いてくれる、という安心感がなければならない。

集団行動や規律は、私たちの自由を明らかに制限してしまうが、同時に「自由」を際立たせてくれる。日常生活に張りを与え、そこで初めて非日常に意味が与えられるからだ。

だから、ほんとうの自由と規律というものは、両方とも手間暇をかけないと育たないものだと思う。

ちいさい頃、夕暮れ時というのは魔法の時間だと思って過ごしていた。夕日が差し込み、空がいろいろな色に染まって、見ているとあっという間に円い太陽は沈んでしまう。太陽の円のてっぺんが最後に山の稜線の向こうに消えるとき、何か音がするような気がしたものだ。ぷつっでもない、ぽん、でもない。何か音のしない音。そんな夕暮れを感じながら、ごろんと寝転がって考えをめぐらせる。いまから思うとたわいのない空想なのだけれど、大切な時間だった。

赤ちゃんぽく、ぷっくりとしていた腕や足がすんなりと伸び、活動的になったわが子が、疲れ果てて眠るともなしに寝ころんでいるのを見て、私はそんなことを思い出したのだった。そこに、あの魔法の夕日が差し込んでくる。今日も一日、頑張ったね。

（2017・11）

第4章　時にはメディアと対峙して

政治家が浮気してもいい

最近の政治家のスキャンダル報道は、週刊誌発のものが多い。そしてその後はきまってネットの「人民裁判」にかかり、その動向がテレビなど大手メディアでの扱いを左右する。

そうした情報の「民主化」の結果、昔と違って大物で人望もある政治家がバッシングに手加減をされなくなったというのが大きな変化だろう。逆に手心を加える余地があるとすれば、その人が売りにしてきたイメージとのギャップの有無だろうか。ギャップが大きければけしからんとなり、ギャップがなければまあそうだよねとおちょくられる程度でスルーされる。

かつて世間が政治家の浮気に甘かった頃、その裏ではメディアのプロとしての「良識」がニュースを差配していた。ここでいう「良識」には一長一短がある。多くの場合、それは単に中高年男性を中心とした価値観を当てはめているに過ぎなかったからだ。

けれども、スキャンダルの扱いを判断するにあたって何らかの確たる基準があったのは確かだろう。要は、奥さんが泰然自若としていて、浮気相手もいわゆる日陰の女としての役割を受け入れる限りにおいては、あまり問題が生じる余地はなかった。いまでは、日陰の女という文化はもはや成り立たなくなっており、普通の浮気相手といわゆる「二号さん」の区別はないに等しい。女性の権利が拡大したからだろうか。であるとすれば、それはそれでいいのだろう。

さて、このような時代の変化に合わせ、政治家や政党もそれに対応すべく変わり始めている。ネットが形成する世論、ワイドショーで拡散されていく時代の風潮というものを気にするようになったのだ。基本的には、対外発信に気を付け身ぎれいにして、イメージづくりを図るということ。けれども皮肉なことに、ネット上の世論を誘導しようと力を入れれば入れるほどネットに力を与えてしまう構造がある。また、身ぎれいなイメージで売り出していると、当然の結果として、いざコトが発覚したときのギャップが大きくなって致命的だ。

何が言いたいかというと、「政治家が浮気しても別にいいのではないか」ということ。もちろん犯罪になるようなことはだめだし、ストーカー認定されるような事態は、資質上問題外だと思う。けれども、人間性を突き詰めれば、人は配偶者と定めた相手に対し、常に性的に忠実でいられる確証はない。

自民党の超保守的な二〇一二年憲法改正草案に描かれている「理想の家族像」なんて議員だって維持できていないし、維持できているように見えるとしたら、それは内助の功に徹した奥さんの、血の滲むような忍耐の上にのっかったものでしかないのではないか。それはそれで、世間に明らかになっていいことのように思う。

週刊誌は必ずしも政治家を潰したくてスキャンダルを報じているわけではないだろう。彼らは、「選良とか言っても所詮われわれと同じなんでしょ」と言うために、日々スクープを狙っているのではないか。

目を△にして「やっぱり浮気はダメ」とか言う方がいまのメディアには受け入れられるのだろうが、私はそんな正論を唱えるにはいささか年を取りすぎた。人間って所詮そんなもの。だからと言って相手に何も求めないわけではない。
「晴天の友となるなかれ。雨天の友となれ」という。夫婦関係とは、真の試練に直面したときに支えあえるかどうかだと思う。このことは、それほど人生経験を積み重ねなくとも、若い頃に小説を読んだりして考え、到達しておかなければならない結論だという気がする。政治家でも、そんな洞察力があって深みのある人間が私は好きだ。

（2017・6・1）

罰を与えれば傷は癒えるか

週刊文春の不倫疑惑報道で、小室哲哉さんが引退を表明した。

小室さんは会見で、くも膜下出血後に障害が残り、普通の大人の会話がほとんどできなくなってしまった妻と生きていくことの大変さを語った。そして、それでも父娘のように愛おしい関係であると。妻を支えながら自分も突発性難聴やC型肝炎に苦しみ、自らを支えてくれる女性に依存してしまったことも。その姿はあまりに痛々しく、報道に接する世間の一部であることに申し訳なさを感じてしまうほどだった。

会見の中では、才能が枯渇してきたのではないかということも正直に語られていた。一九九〇年代の栄光を背負いながら創作し続けるというのは、こちらには想像もできないことだが、さぞかししんどいことだろう。

小室さんの音楽は、私にとってキラキラした「外」の世界だった。中学や高校の頃、ｇｌｏｂｅや安室奈美恵さん、華原朋美さんなどの曲をカセットテープで繰り返し聴いていた。

会見で見る小室さんは疲れきっているのだが、マスマーケットに向けて音楽を売ってきた人間としての不安や後悔などを素直に吐露していた。あれだけのカメラの前で、糾弾されながらも自然体で語るというのはすごいことだと思う。ある意味、飛び切り変人か、強い人でなければできない。小室さんは国民的アイコンだからこそ、それができるのだろう。

その映像を見ながら、ワイドショーでは「みんな介護はしているんだから不倫に結び付けるな」と世間を代表した気になって攻撃した人もいれば、美学としては愚痴をこぼすべきではないと言う人もいて、そんな無責任なおしゃべりがスタジオで展開され、小室さんが断罪されていった。

週刊文春の記者が覆面で語っていたように、おそらく文春は彼を引退に追い込む気などさらさらなかったのだろう。世間を代表するつもりになったコメンテーターも、結局は自分の身をＫＥＩＫＯさんに置き換えたとしたら嫌！という感情的反応にすぎなかったのかもしれない。自分の家庭を顧みて、「本当に病みたるときも変わらず接してくれるのかしら」という不安が投影されていたのかもしれない。

けれども、私たちは誰も強いることなどできないのだ。結婚相手に貞操を強いることも、他の女性に依存させないようにすることも、何も。強いたいのに強いられないから、そして何よりも相手を信じられないから「罰する」。あるいは取り決めを結ぶ。例えば、夫が浮気をしたら非難し、慰謝料を要求し、調停で親権を取り上げる。社会的評価を貶める。

週刊誌報道などで不倫問題への社会的非難がエスカレートしているのは、みんな自分が不安だからなのだ。老いること、捨てられること、失うことに。だからこそ、他人様の夫婦関係であっても断罪する風潮が広がっていく。

けれども、罰を与えることは自分の傷を癒すことにはつながらない。その傷を癒すには、自分が誰かのかけがえのない存在なのだという感覚を再び取り戻すしかないのだから。

大人になったいま、もうほとんど聴かなくなっていたあの頃の曲を改めて聴いてみた。当時の私が憧れていた「外」の世界にいるいまその曲を聴くのは、あの頃の自分を遠くから見るようで、キラキラ感は戻ってこないのかもしれないけれど、やっぱり何だか懐かしかった。

（2018・2・8）

淫行事件でスルーされるもっと大事なこと

この間、俳優の小出恵介さんが、相手の女性が未成年と知りつつ飲酒したうえ、性交渉を持った事実を認め、謝罪した。この話を、急遽私が出演するバラエティ番組で取り上げることになった。何も知らなかった私は、テレビ局の人に「小出さんとその未成年はお互いにステディな関係で純愛だったりするの？」と素朴に聞いてみた。未成年でも、純愛の場合は「淫行」とみなされない場合がある。一概に条例違反とは言い切れないからだ。するとスタッフは言下に「とんでもない」と否定した。そこで週刊誌やネットの記事を見ると、確かにまったく純愛ではなさそう。

ただ、いろいろ読んだりテレビで話したりする過程で、この事件をどう解釈するかについては自分の視点がほかの人びとと異なっていたことに気が付いた。

みんなが問題にしたのは、小出さんの芸能人としての脇の甘さや奔放さ。そして、ネットで話題になったのは、相手の女性が一七歳のシングルマザーで子どもを施設に預けていること（うぶではないからいいと言いたいのだろうか？）。母娘ともに生活保護を受けており、小出さんとの関係をＳＮＳで自慢していたこと。

私は、そうしたことは重要な問題ではないと思った。箱入り娘のお嬢さんで本人の行動も慎重だったら、条例で保護しなければならない事態にはぶち当たらない。判断能力は成人しても備わらない可能性はあるけれど、条例の趣旨はとにかく未成年の子を守るということ。元々うぶであるかどうかは関係ない。小出さんの芸能人としての人気が維持されるかどうかにもあまり関心はない。あくまでも彼個人の問題なのだから。

私がむしろ問題だと思ったのは、小出さんが避妊を拒んだということだった。そしてその情報をスルーする人があまりに多いこと。

セックスが合意のうえであり、相手の女性が子どもを施設に預けていることを考えると、この女性を守るためには、男性側が避妊しなかったことこそ問題だ。現に、女性は週刊誌に対し、時間がたつにつれ、もし妊娠していたらどうしようと怖くなったと話している。

他人の浮気問題については一部始終を追うくせに、主要メディアは避妊の問題をスルーしがちで、女性もピルなどで自己防衛すべきだという意見は取り上げない。日本社会の抱える大きな問題はそこにある。妊娠したくないのに相手に避妊を拒まれた場合には、なるべくすぐに産婦人科へ行き、まずアフターピルの処方を受ける必要がある。

多くの女性は、悩む割には十分に知識がなくて受診を怠りがちだ。また血栓症リスクを抱える人でない限り、性交渉がある女性は低用量ピルで自己防衛する方がいいと私は思う。生理痛も軽くなり、毎日が快適になるという効果もある。コンドームの避妊成功率はおよそ八割強だと言われているから、避妊具というよりステディな相手ではない場合の性感染症対策といえるだろう。

私は新婚旅行でイタリアに行ったとき、ピルを忘れてきたことに気が付いた。慌てて日本のお医者さんに電話をし、イタリア語の薬名を聞いた。古めかしい木造の薬局に行って、危ぶみながらそのメモ書きを見せて説明すると、すぐに薬を出してくれた。その値段の何と安かったこと。黒髪の薬剤師の女性は、あなたはどじねぇと微笑んだ。その

「当たり前感」は、ピルを飲んでいると言うと引かれることの多い社会で生きている身として、正直うらやましかった。

性的にきちんとしましょうとしか言わない人も多いけれど、「理想的な社会」なんて所詮無理だろう。そんななかで性教育を後回しにしてきたツケが出て、女性や子どもの運命が左右されているのは悲しい。

（2017・7・13）

恋は本当に美しいものだから

市川海老蔵さんの妻、小林麻央さんが先月、亡くなられた。麻央さんのことを、海老蔵さんは会見で「僕を変えた奥さん」であると言われた。

そこで思わず、宮尾登美子さんの小説『きのね』のことを思い出してしまった。海老蔵さんの祖父、一一代市川團十郎をモデルに、その家庭について赤裸々に綴った小説だ。歌舞伎役者の生活の裏側を描いたこの作品は、必ずしも市川家に歓迎されたわけではないと聞く。微妙な時期に連想ゲームのように書いてしまうことを心苦しく思うのだけれど、他意はない。気分を害された方には前もってお詫びしておきたい。

『きのね』は、歌舞伎界のスターのお付きになった女中さんが、非公式の妻へ、そして正式な妻となる過程を描く。長男を妊娠していたとき、彼女は公式には妻ではないために陣痛が始まっても産婆さんを家へ呼ぶのをためらい、一人きりで子どもを産む。彼女は夫婦となる過程で艱難辛苦を味わうが、最後まで一途に夫への純愛を貫く。

少々幼稚なほど繊細な芸術家肌の夫は、外では芸妓と遊び、家では妻に癇癪を起こしては暴力をふるう一方、妻に育てられながら当世随一のスーパースターへと成長していく。歌舞伎という芸は彼にしかできない。しかし、夫はいつしか妻なくしては暮らせなくなっていた。

純愛にはいろいろな形があるが、捧げつくすことも含まれるのだろう。宮尾さんはもともと苦難に耐える女性を書くのがお好きだったが、傍目には辛いことばかりに見える人生の描写には官能が含まれていた。それは、宮尾さんが女性の情熱を描きたかったからではないかと思う。

だから、失礼ながら、女性が育て上げた男性と幸せな家庭を築いたり、あるいは女性が功成り名を遂げて家が繁栄するところまでくると、とたんに筆が鈍ってしまう。宮尾さんにとって、苦労は人の美しさを引き立てる要素だったのだろう。

海老蔵さんにとって麻央さんの死は悲劇だが、はたから見ていてお二人の関係は純愛に見えた。それは、海老蔵さんを育て、闘病生活を送ることを通じて、当人たちしか知りえない何かを、二人がそこに見ていたからかもしれない。

『きのね』の女主人公も、凄絶な苦労をしながら、やはり幸せな人生だったように私には思える。はじめ正式な奥さんでなかった頃の方が、ある意味でもっとも恋が試されたがゆえに、深い喜びのある時期だったのではないだろうか。

世間には、当人たちにしか分からない愛や、秘めた恋というものもある。そういうのはそっとしておいてあげたい気がする。恋が打算のないものにとどまる限り、それは本当に美しいのだから。

と、こんなことを書いても週刊誌記者諸氏の共感は得られないだろう。けれども、私はそう思う。あちこちで色恋が渦巻いているようでいて、いまの日本社会に見えにくいものは人間の「本気」だ。

日々、ゴシップや誹謗中傷が渦巻く世界で生きていると、人間に対して絶望したくなるときがある。自分が理解できないような敵意に晒されたり、ある出来事に対して人びとの心ない反応を目にしたり。そんななか、私たちはお二人に普段目にすることの少ない純愛を見たのではないだろうか。心より哀悼の意を捧げたい。

（2017・7・27）

大坂なおみさんが日本で育っていたら

大坂なおみさんがBNPパリバ・オープンで優勝した。二〇歳の彼女は天然な優勝スピーチで、自ら突っ込みを入れながら、コーチやスポンサーやボールキッズに感謝を述べた。その可愛らしさは、強烈なサーブを繰り出す同一人物とは思えないほど。娘を持つ親としては、つい母親目線で見てしまう。

フジテレビの「ワイドナショー」で、私はこのスピーチについて、彼女は相当メンタルが強いのでは、と述べた。自分の二〇代前半を思い返せば、人前ですぐ緊張し、自意識過剰で上がっていることすら隠していた、という記憶があるからだ。

自分を大きく見せようとしない態度を貫くのは案外難しい。人が自分のことをどう思っているかが気になるのは当たり前だ。バッシングされるような注目を浴びる立場にあれば猶更のこと。あれこれ論評している「批評家」族というのは基本的に自分を大きく見せるのが仕事だから、その底意地の悪さを気にしたってしょうがない。

アメリカのメディアは、セリーナ・ウィリアムズ選手を負かしたなおみさんに夢中だ。スターとしてスピーチには改善の余地があるけれども、今後どれくらい伸びるのか楽しみで仕方がないというトーンだ。彼女が育った土地や個人としての能力、先行きに注目が集まり、彼女の民族や国籍は二の次に添える情報でしかない。

なおみさんは、AP通信の取材に答えて、「今は自分のためにプレーをしているけれど、ちいさい頃は特にママをハッピーにしたくてプレーをしていた。特にママだけど、パパも誇らしく思ってほしかった」と言っている。そういう感じが、やっぱり私は好きだ。

「ワイドナショー」のコメントでは、自由闊達さと個人技での強さを併せ持つことをアメリカ的、と表現したのだが、これは多少言葉足らずだったかもしれない。私は、自分の娘や義姉を彼女に重ね合わせて見ていたのだった。

娘はアメリカ南部人の祖母を持つので、いわゆる「クォーター」。娘とよく似ている破天荒で自由人な夫の姉は、再婚相手にアメリカ人を選び、向こうに定住して長い。時おり何だっけ、と日本語の単語が出てこなくなることもあるけれど、行動や好みが日本的なのは変わらない。

娘に対し、「礼」の規律や細かい日本文化のニュアンスと、アメリカ人の個としての強さを身につける教育を施すのは果たして可能だろうか、と思っていたところ、なおみさんを見て、なるほどと思ったのだ。

なおみさんにとって、二重国籍は、一つ財産が増えたという感覚なのではないだろうか。日本人としてのルーツを大切にしているのは、外で育ったからこそかもしれない。もし日本で育っていたら、どうだっただろう。「ガイジン」という単語が存在するこの国で、もっと嫌な思いをしたかもしれない。現に、義姉は瞳の色が違うことでちいさい頃よく苛められていた。

多様性を裡に持つ家庭は、色々なところがフラットだ。外国人との人種間婚を経験した夫の一族は、バリバリの南部人でありながら、日本人に慣れているからたまに日本へきても気負いなく馴染む。異質なものを警戒する反応が出てこないのだ。あちこちで自然とお辞儀が出たりする。
　だから、大坂なおみさんを日本は獲得できるか、というメディアの「日の丸」全開報道を、私は少しだけ嫌なものに感じてしまったのだった。私は、なおみさんという逸材がウナギが好きだというだけで満足なのだから。

（2018・4・19）

メーガン妃は英国の価値観を変えられるか

大坂なおみさんへの日本人の反応について書いた。今回は、異人種間婚について社会はどのように価値観を変化させていくだろうか、ということを書きたいと思う。

ご存知、英国のハリー王子が昨年、米国籍の女優メーガン・マークルさんと婚約した。友人に紹介されるブラインド・デートのかたちで知り合ってすぐに仲良くなり、交際を認めるのも異例の早さだった。王子の求婚エピソードのインタビューでは、跪いた王子に「イエスって言っていい？」と助け舟を出してしまうなど、ほのぼのとしたロマンチックな状況が語られている。

メーガンさんは、ブルネットの髪と褐色の目に彫りの深い顔立ちを持つ背の高い美女だ。多様性を重んじつつも人種問題が厳然と残る米国では、どこにも帰属できないようなどっちつかずの気分にさせられて生きてきたという。メーガンさんのご両親は離婚されているが、お母さんはかつて米国に売られてきた黒人奴隷の血を引いた方。撮影技師のお父さんは、アイルランド／オランダ系の白人。メーガンさんは、オーディションを受ける時にも人種が特定できない役柄として分類されてきたという。

そうした背景を持つ人たちこそ、人種問題を超えて、集団に馴染みにくい個性ある子たちに「大丈夫だよ」というメッセージを与えられる心強い存在なのではないかと思う。いつも目立ってしまい、常にある種の質問（君はどの人種のミックスなの？とか）が飛んでくるという事実は、子どもの精神形成に大きな影響を与えるけれど、それをプラスに消化していくやり方を、彼女なら示してくれるだろう。

ただ、英ゴシップ紙や王室の一部は、黒人の血を受け継ぐ女性を迎え入れることへの反発を隠さない。お母さんはどんな人？という、黒人であることを強調する写真や記事が出回って、どこでも人びとが関心を持つのはそんなことだなぁと苦笑する。

ただ、そもそも王室は特別な身分。黒人の血を引いた大統領や首相に反対したら人種差別主義者だけれど、王室は「伝統」とか「象徴」だから勝手な行動は許されないのだという論理で、差別心を後ろに隠した排除の論理がまかり通る場合が多い。現に、彼らは特別な身分ではある。

王室の婚姻を云々する中で、あからさまな人種差別感情を含んだその国の暗部がどろっと紙面に垂れ流され、日常的な差別や対立感情がむき出しになるというのは、外から眺めていても気持ちの良いものではない。

王室は王室で、その神秘性を維持して人びとの好感を獲得しつづけなければ王室制度自体への民衆の支持が揺らぐことを自覚している。だからこそ、結婚は個人の選択であると言い切るにあたって、彼らも一〇〇パーセント自信を持ち切れないところがある。

今回のバッシングで明らかになったのは、民意で選ばれる大統領とは異なり、「君主」を持つ国は、それゆえに社会的価値観に関して起こるべき変化を少しずつ遅らせる性質を持っていること。

英国で、一朝一夕にオバマ大統領誕生級の出来事が起こることはない。おしゃれで格好いいだけでなく、多様性を語ることにかけてエンタメ産業の表現者ならではの能力を持つメーガンさんの発信力を通じて、おそらく次の世代の変化への地ならしをしていくことになるのだろう。

（2018・4・26）

「選挙特番」は誰に向けて作られているのか？

明日衆院選というところで、八時間にわたる特番の準備をしながら書いている。ボクシングの中継を優先したフジテレビ地上波の裏で、はじめはFNNニュース．comのインターネット配信の開票特番を仕切り、二一時半からは地上波へ移動し、二四時半からは「朝生」形式でテレビ朝日の選挙ステーション二部にお邪魔する。

このところ、民放の選挙特番の視聴率は池上彰さんが攫っている。それで各局が追随し、小ネタを繰り出しつつ政治家をイライラさせる術を真似するものだから、かなり見せ場が偏ったものになってきているのでは、とも感じている。

政治家を持ち上げる番組が気持ち悪いのは言うまでもない。ではイライラさせることにメディアの使命があるかと言うと、どうもそれはメディアの仕事のごく一部ではないかとも思う。

政治家をイラつかせるには、答えにくい質問をする、赤裸々な嫌味を言う、という手法がある。地上波で政治家が正直にぶっちゃけられないのを承知の上で、人間関係のしこりをつついたり、選挙区調整で泣きを見た人に自覚を批判するようけしかけたりするのがひとつ。それに加えて、過去のスキャンダルや不都合なことをつついて視聴者に思い出させる、というやり方もある。

このイラつかせは、本来政治家が答えられないことを、露悪趣味的に見せる仕事だ。これがラジオだったらどうなるか想像してみてほしい。相手の不愉快な沈黙はまるで伝わらない。要は、この手法に問題点があるとすれば、テレビの司会者が対話の可能性や人びとが疑問に思うことへの答えをあらかじめ封じているところにある。一歩間違えれば、テレビ特有のシニシズムとオレ様的自己満足になってしまう。

もうひとつの問題は、小ネタを探そうとすればするほど、テレビが週刊誌やネットの噂、そして政治記者の取ってくる政局の小話に頼らざるを得なくなるということ。インナーサークルの情報のプロに頼った結果、かえって永田町人間模様に引きずられてしまい、素直な質問ができなくなる。そこでおろそかにされてしまうのは、政策であり、理念であり、理想を語る機会だ。

テレビに出て時おり感じる問題は、バラエティと違って、報道番組がそもそも視聴者に悩む時間を作らせないことだ。制作スタッフは、専門家に長時間取材し、彼らなりの納得のプロセスを経て、結論をＶＴＲや解説ボードやフリップにする。

そこでは順を追って結論が説かれ、悩みのプロセスが省かれる。極言すれば、結論だけ受け入れてくれる従順な人しか地上波の報道番組など見ていない、という言い方さえできるかもしれない。

バラエティは違う。いろんな素朴な意見があって、そこに怒る役も同情する役もいて、最後は才能豊かな司会者がなんとなく議論が収まるように仕切る。

衆院選は本来、政権を託す政党やリーダーを決めるべき選挙。これほど政策論争がみられない選挙を目にすると、深刻な問題だと思う。青臭いかもしれないが、日本で母親たちが気兼ねせず付加価値の高い仕事につけるかどうかも、貧しい子どもが教育の機会を得られるかどうかも、地方がバブルではない本質的な豊かさを享受できるかどうかも、政治にかかっている。

正論を述べる姿勢が仮に目新しいのだとすれば、目くばせをしあって「どうせこうなってるんだよね」と共犯関係を作る社会の方が、間違っているのではないだろうか。

(2017・11・9)

コラム 4

教育が本来持つ意味

少し前に、子どもに歯が生えてきたので大騒ぎをした。実は乳歯が抜けないままに後ろに永久歯が出てきてしまい、結局歯医者に行ってペンチで抜いてもらったのだった。

いつも痛みを極端に嫌がる娘だが、外の人の手に任せると案外おとなしい。真っ白な機械や小道具が並ぶ歯医者さんは大人でも怖気づいて当然だが、何と言ってもその日はすばらしくきれいな女性の歯医者さんだった。

きれいなお姉さんに強いあこがれを持ち始めた娘は、わざと目を合わせないようにそらしながら、一つ一つお姉さんの説明や問いかけにうなずいている。子どもだからと馬鹿にされたくないのか、ほめられたいのか、やすやすと言うことを聞き、歯茎への麻酔注射まで平ちゃらな顔をして受けている。

こちらが驚いているうちに、とうとう一粒も涙をこぼさず、身じろぎもせずに二本も抜いた。

つくづく、ロールモデルというのは強いものだな、と思って娘をみていた。母親のことを何から何まで真似したがるのも、きれいな歯医者さんのようなあこがれの「指導者」の言うことを聞くのも、群れに属する子ザル的な本能のなせる業である。言ってみれば、人は自然に集団のリーダーや、年上のあこがれの先輩についていきたがるようにできているのだ。核家族は「群れ」で子育てをしていないから、その分困難も多い。よく、子どもに手がかかる、言うことを聞かないと愚痴をこぼす親御さんが、保育園で集団の同調圧力が生じた瞬間に嬉々として言うことを聞くわが子を見てびっくりされることがある。言う事を聞くのは、何も保育士さんがプロだからというだけではなくて、集団のなせる業なのだけれど。

それを考えると、学校での教育も当然、集団主義を原則として教え込むのは分からないでもない。うまくいっている場合には圧倒的に効率的だし、子どもの成長に繋がる。ただし、そこで問題なのが、先生たちも全人格的に優れている人たちばかりではないということ。多くの子どもたちは、問題のある先生の下でもなんとかやっていける。だが、ときに少数の、しかし確実な犠牲が出てしまう場合がある。

この間、私がコメンテーターを務めるフジテレビの夕方のニュースで、「指導死」と呼ばれる問題を取り扱った。いじめによる自殺は後を絶たない。だがこの用語は、そうした子ども同士のいじめではなくて、行き過ぎた指導や教師との人間関係の中で死を選んでしまう子どもがいることに着目したものだ。度重なる叱責、嫌味、あるいは圧迫。子どもたちは、義務教育のもとでは学校の人間関係、ましてや教師との密接な上下関係から逃れられない弱い立場にある。逃れられないと思い詰め、自死を選ぶ子が毎年いるという。いたたまれないニュースだった。

人間にとって、周りに承認されたい、受け入れられたい、という思いはすこぶる強いものだ。それが否定されるのは誰にとってもつらいこと。加えて、不器用だったり、根が自由人で集団行動や環境への適応が苦手な子もいる。

集団で行動することや、規律の効用はもちろん認めたうえでなのだが、そうした少数派の子どもたちを自殺に追い込むほどに圧迫してしまった教師たちは、本来の教育の役割を誤解していたのではないかと思えてならない。日本では、集団の大多数を同じようなレベルにまで引き上げることに教育の重点が置かれやすい。だが、教育とはそれぞれの人の能力や感性をもっとも伸ばしてあげる方法を探り、それを実行することだ。

うちの子は何で○○ができないのかしら。この子はなぜ一度で教師の言う事を聞けないんだ。こうした子たちには、他と同じ行動を強いるだけではなくて、試行錯誤しながらそれぞれに合った指導方法を考え出していかねばならない。その子たちにはその子たちの良さや個性があるのだから。困難だって一つ一つ違う。

ただその過程で気を付けたいことが一つだけある。困難を抱えている子たちを美化しすぎるあまり、何か特別な才能と引き換えに困難が与えられているのだと考えてしまいがちなこと。そう思うことは、困難に対する具体的な対策を放棄することになりかねないし、「ダメな子」を受け入れているようでいて、どこか優れていることを要求する安易な態度だと思う。そんなことよりも、字が読めない子がどうしたら読めるようになったか、集中できない子がどうしたら何かに集中できるようになったか。そういう経験から科学的に知見を溜めて、共有していくことこそが重要だと思う。

これからの世界は、集団から立ち遅れてしまう子たちに手間暇をかけ、そこで得た知見を新しい教育対象へと応用していくことに注力すべきなのではないだろうか。平均値を伸ばすことだけではなくて、一人一人に合った教育で、全員が自己実現できる社会を作ること。それが豊かさのフロンティアなのだから。

（2018・1）

第5章　世界を政治で切り取れば

「ロマンチシズムの国」の総理大臣

政治家はエゴの強い人種なんだなあと思わされたことがあった。先日対談をした高村正彦さんが、「総理になるんだと思い定め、取りに行った人しか総理になれない」と述懐していたからだ。総理になれる人の条件をお聞きしたら、まずこの言葉が出た。本音だろう。

高村さんは温和という言葉がよく似合う政治家だ。それでも、編集者の質問が本意でないと、ぴりぴりっとした雰囲気を漂わせる。その落差はチャーミングだった。日本では高村さんのように知的格闘そのものを楽しむ人は珍しい。ああ、とか、まあ、といった阿吽の呼吸をよしとする文化だからだ。

そういったあいまいな意思疎通では腑に落ちない人が日本社会でやっていくのは大変

だろう。先日も、日露首脳会談についての日本の報道が理解できないということが仲間内で話題にのぼった。北方領土が返ってくるという狂騒はいったいどこからどうやって生じたのかよくわからない。観測気球があがったせいだというけれど、ならば見込みが甘かった総理をなぜ叩かないのかがわからない。みんな阿吽の呼吸でこの一件を収めようとしているらしいけど、と。

日本は、佇まいや雰囲気でリーダーの資質を判断している傾向にある。日露首脳会談を受けて民進党の蓮舫さんが会見を開いたが、こちらは結構叩かれた。総理の外交努力に敬意を払っていないと。ただ、民進党のウェブサイトに掲載された動画を見ると、きちんと総理の外交への評価から入っている。むろん、彼女自身もメディアに一部を切り取られることをわかったうえでの目力を込めた非難だったわけだが。私は、こういった前提条件抜きの原則論による批判は、野党の仕事の一部だと思う。

「お前が言うな」「みんな頑張ったんだから」という感情論を別にすれば、特段蓮舫さんの会見をバッシングする理由は思いつかない。この国では、原則論を振りかざす人は好かれないのだ。

日本はロマンチシズムの国。政治家として大成するには、自分の運命と国家の運命がつながっているという「勘違い」も含んだ使命感が必要で、政権を取りに行く気概がなければならない。この上に、指導者としての佇まいがのっていることが求められる。

安倍政権はいま絶頂期にさしかかっているが、私は後継者問題が気になる。総理が支持されている理由は、要は「佇まい」。党内抗争が見えないのは政権運営に隙がないからだろう。安倍総理には、保守としての座りの良さに加えてライバルの出現を許さない冷厳さがある。

派閥の長達を重要ポストに押し込めて飼い殺しにする。中堅有望株には仕事をさせない。能吏達に忠誠心競争をさせる。政策面では、経済成長への期待と保守派のイデオロギーを巧みに使い分け、ツボは外さない。

人びとは、政権に対して勝手に自分の願望を読み込む。ありとあらゆる期待を吸い込み続けるブラックホールの重みが、むしろ政権の権力となっている。民主党の失敗後、国民が安定政権を求めたことは確かだろう。強い政権であるがゆえに、外交の成果も着実に積みあがっている。それでも、野党の弱さといい日本の未来が見えない閉塞感は否定できない。

ポスト安倍の党内筆頭格は石破茂元幹事長だろう。国家への忠誠心が強く、律儀な性格から品を保ちつつも自民党で官邸批判をなし得る唯一の存在だ。総理になる準備はできておられるのだろうけれども、最後の一押しはある種の合理性というか、冷徹さを持つことだろうか。

どんな長期政権にも終わりは来るし、国も政党も続かないといけない。日本の次を考える作業はいずれ必要になってくる。

（2017・1・12）

国会質問の意味をもう一度考えてみよう

先月の衆院選で大勝した自民党だが、「勝って兜の緒を締めよ」という古い教訓もそこそこに、早速野党の質問時間を減らそうという動きに出ている。

議席割合でいけば、野党の質問時間を減らす理由はある、というのが自民党のロジックのようだ。それに対して、野党、ことに立憲民主党や社民党、共産党などは、猛反発している。

そもそも、与党による質問にはどんな意味があるのだろうか。真面目に考えてみたら、おそらく二つの意味に集約されるのではないかと思う。

一、与党の議員さんたちに目立つチャンスを提供し、ＳＮＳやブログでの活動報告の機会を与えること。加えて、口利きの一つの形態として、この問題に関してはちゃんと政府や官僚に働きかけたよ、という支持者へのアリバイ作りをすること。国会で大臣に質問することで、官僚は必死に働いてくれるからだ。

二、与党がお手盛り質問をすることで、政府がやりたい答弁を引き出してあげること。これは、やらせ質問に限りなく近いのだから、貴重な行政の仕事の時間を割いてまで国会でパフォーマンスを見せる意味は見出しにくいと思う。

こう考えると、与党の質問がどれほど必要なものなのかは疑わしくなってくる。議院内閣制のもとでは、与党と野党が対決するのが正しいあり方。政権は常に衆院で多数派を占めており、次の選挙まではいわば合法的な独裁を敷くようなものだからこそ、行政府が仕事をする時間を確保しつつ、野党が政府に質問をする機会を最大限確保する必要がある。

つまり、政府の時間のほとんどを国会の質疑に割かせるのではなく、きちんと仕事をさせてはどうだろうかということ。与党のお手盛り質問をしている暇があったら、働いてもらえばよいと思う。そうすれば、政府側も野党質問に対する答弁の中で、きちんと方針や根拠を示してアピールしなければならない。単にクイズのような細かな質問に答えたり、木で鼻を括ったようないなし方をするのではない国会論戦が見てみたい。

野党の質問の質が低いからといって、与党の質問時間をより多く確保する理由にはならない、というのは言うまでもないだろう。野党の質問がショボければ、それだけ野党が不信を招くだけの話なのだから。

国会は審議をする場。法案審議とは関係のない質問に人びとはうんざりしているのも事実だから、メディアもくだらない質問はスルーして、法案の話こそどんどん報じたらどうだろうか。政権の虎の子の法案だけでなく、議員立法についても報道されるとよいだろうと思う。しかし、いまでは報道と言えばほとんどは「政局」に偏っていて、議員たちも政局に絡みそうな活躍ばかりを強調する傾向にある。

「批判なき選挙、批判なき政治」といったツイートで炎上した自民党議員がいた。民主主義の基本にもう一度立ち返って学んでほしいと思う。けれども、そんな失言からさえ学ぶものはあると私は思っている。おそらく、政治家としての振る舞いや考え方をまだ身に付けていない人が、「批判」が単なる怒号になっているという一般の人びととの政治不信を代弁するつもりで言ったのだろうから。では、その政治不信を解消するために与党は頑張らなくてよいのだろうか。
野党の質を問う前に、いまの与党が本気を出せば、国民はそこで相応のものを得ることができる。自分たちの国の質に応じて。

（2017・11・23）

次元の低い「リベラル／保守」論争

このあいだの衆院選投開票日、フジテレビの選挙特番の最中のことだった。私は、戦後リベラルがここまで縮小したことはないと指摘し、リベラルの敗北をどのように総括するんでしょうか？と立憲民主党の枝野幸男さんに問いかけた。

それに対し、枝野さんは「私は一度もリベラルだなんぞと言ったことはありません！」と答えた。自分自身は「保守本流」だと思っている、とも。保守本流とは自民党の宏池会のようなハト派ということのようなのだが、岸田文雄さんはそれに迷惑顔。枝野さんと宏池会の思想は違いが大きいと述べていた。

こうした枝野さんの発言をきっかけに、メディアではリベラルとは、保守とは何かという論争が盛り上がっている。

そんな論争の前後に、ちょうど私の朝日新聞デジタルのインタビュー記事が炎上したのだった。そもそもの依頼の内容は、山尾志桜里さんが不倫報道のあとに退路を断って無所属として出馬し、ぎりぎりの戦いをしている選挙戦の様子を現地で取材してほしいというもの。私ははじめて知り合った記者の方と愛知県に向かい、彼女の演説やそれを聴いている聴衆の様子を間近で見、初心に立ち返ったという決意などを聴いた。

炎上したのは記事の中身とは関係のないインタビュー部分のリードだった。記者が、はじめ私を「保守派の論客」とタイトル付けして呼んだので、「私は自由と進歩を信じているので保守ではないんですね」と答えてから本題に入った。これが、どうも一部の人びとには気に入らなかったようだった。「意味不明」と糾弾するツイートが増え、結構有名なジャーナリストまでもが反感を示したのを興味深く見ていた。

もちろん、愛知から東京に戻った後にカフェで行った事後インタビューでは、このような短いやり取りではなくて、保守って何だろう、リベラルって、という話が盛り上がったのだが、それは山尾氏取材の本題ではない。

リベラリズムと保守主義というのは、各国で発展の経緯に違いこそあれ、定義することが可能な概念だ。比較的ニュートラルなリベラルの定義は、自由主義と進歩主義の組み合わせ、というもの。

かつてリベラリズムは経済的に自立した人びとによる「私の自由」を求める運動だった。平たく言えば、女性や労働者や小作人や植民地の住民はその自由に値する人とはみなされていなかったわけだ。それが、より多くの人びとが平等にスタートラインに立てるような環境づくりを要求するところまで「進歩」した。例えば、自身はLGBTでないのに彼らの権利を保護しようとする態度であったり、世界中から貧困と圧政をなくそうとする試み、気候変動で絶滅しかかっている動物を救おうとするもの。

進歩を求めなければ、「自分さえよければ」になってしまう。それがリベラルであり続けることが茨の道であるゆえんだろう。

ただ、リベラルと言ってもその中に路線対立は存在する。主な違いは、闘争路線をとるか協調路線をとるか。

闘争路線の例は、黒人の公民権運動に生じたブラックパンサーのように、暴力闘争を選んだ人たち。あるいは環境問題の過激なアクティビストも含まれるだろう。

協調路線の中には、内部から物事を変えようとする人たちがいる。政府主導で改革を進めたり、議会で地道に議論を積み上げ、法律を作ろうとする立場。あるいは遅い政府よりも民間主導で変革しようという立場もあって、私はどちらかと言うとそれに近い。ただ、いまのツイッターの世界を見る限り、お世辞にも、思想の中身や路線対立で罵り合っているのだとは思えない。お前にはリベラルの称号を許さない、と罵倒しているのは、さらに次元の低い話だったようだ。つまり、端的に言って「あいつは敵だ」ということ。現に、記事の中身はけっこうリベラルな問題提起をしているのに、一切触れない。私が腕組みをして街頭演説に耳を傾けている姿が偉そうだと文句を言う「フェミニスト」もいた。

何がいま解決すべき課題なのかということを論じるのではなく、自分たちが勝手に敵認定した、気に入らない人たちを叩く。

政治の中身が友と敵の認定に基づく果てしなきいがみ合いなのだとすれば、そんな闘争に巻き込まれるのはまっぴらごめん。そう思う人の方が多いのではないだろうか。

（2017・11・16）

権力や戦争、革命の敵は「笑い」である

権力者は笑われるのが嫌いだ。歴史上、全体主義や革命の勢力が人びとを極限状態に追い込み、笑いの要素を奪っていったことがあった。どんなにくだらないタスクでも大真面目にやらせ、しだいに人びとは笑わなくなり、それしか見えなくなっていく。

同じことが現在、北朝鮮の内部で進行している。金正恩さんがあの奇妙な刈り上げ頭でのし歩く映像が出てくると、部外者である私たちは思わず笑ってしまう。ミサイルを目の前に並べて行進させ、どうだ！と自慢げに閲兵する独裁者というのは、はたから見れば滑稽極まりない。けれども、外から見ると喜劇にしか見えない事柄も、中の人にとっては機関銃で粉々に処刑されるかどうかの瀬戸際なのだから、そこに笑いはない。

同列には語れないけれども、今年、習近平さんをくまのプーさんに擬《なぞら》えるインターネ

ット上の表現が、突然規制で消去されたことがあった。プーという隠語でこっそり習氏を批判する人びとの行動を封じることに加え、ひょっとすると権力を笑う者は支配の敵だということを、当局がわかっていたからかもしれない。

権力や戦争、革命にとって共通の敵は、笑い。笑いとは、一歩引いて世界を見る余裕の上に成り立つもので、みんなで同じ方向に突っ走るのを阻止するだけの破壊力を持っているからだ。

独裁国家と海を挟んで向き合う日本では、日々笑いを謳歌している。政治問題となるとまだまだ四角四面な論調が多いけれど、中にはくすっという笑いを誘って批判する高度な風刺も目にする。そもそもお笑い大国である日本は、真正面からの政治論争はなかなか見られずとも、権力がのうのうとしていられる国ではない。

洗練された批判精神がお国柄なところもある。ちょうどこの夏、イギリスに滞在していたのだが、日々目にするテレビや新聞に政治風刺が多く、あらためてウィットに富んだ国民性だと思った。アメリカでも、トランプさんが登場して以来、政治風刺のテレビショーが前にもまして人気を集めている。

しかし、民主国家がずっとそうだったわけではない。本当に戦争の危機に直面したとき、そこに笑いはなかった。例えば世界が核戦争の恐怖に震えたキューバ危機。ソ連がキューバに突如核ミサイルを配備すると、アメリカ政府は本土を脅かす核を許容しないことを明確にして対決姿勢を取った。当時、誰しもが明日死ぬかもしれないという不安を抱え、買いだめに走り、無意味な避難訓練を繰り返して、平和的解決を待ち望んだ。

キューバ危機が収束したあと、アメリカ政府は核兵器を大量に開発・保有し、抑止しあう固定化した冷戦ゲームにのっとって行動するようになる。ドミノ理論に基づき、軍事作戦が人びとの日常とは離れたところで展開されていく。最大の危機を回避したのちも、大真面目な二項対立に基づく冷戦思考が取られつづけた。

冷戦構造は人びとの常識を拘束する。なぜソ連と対峙しなければならないのか、なぜ他国の共産主義者が敵なのかは、問う必要もないほど明白なこととされた。

ある意味で、真面目なタフガイと、真面目な平和主義者の争いだったとも言えるだろう。タフガイからすれば、「悪の帝国」ソ連は倒さなければいけないバッドガイであり、世界を守ることに大真面目な自分たちの姿を笑う余地はない。平和主義者からすれば、軍拡競争が戦争に発展し、世界が滅ぶ可能性はまるで笑えるものではなかった。

西側陣営は、冷戦が終わってようやく「大真面目でいなければいけない」という束縛から逃れることができたのだと思う。日本と韓国だけは、お隣が中国や北朝鮮であることから、まだ一部にこの冷戦思考が残っているのだが。それでも、私たちはかりあげ君を笑っている。

核戦争の危険すら孕《はら》んでいる深刻な北朝鮮危機を、自由な笑いがある洗練された社会を維持しながらきちんと解いていくことは、すこぶる困難だ。相手は、時代錯誤にも核戦争の危機を煽っている。戦争の脅しは十分リアルだ。一方で、自分たちが笑いを殺して余裕をなくしてしまってはいけない。追いつめられた相手が好戦主義をとっているからといって、こちらが思考停止して冷戦的なゲームに終始すればよいわけではない。相手を現段階では敵と認識しつつ、必ずしも永続的な敵だとも抹消すべき存在だとも考えない、ということ。

戦争を避けるために必要なのは批判精神と常識の感覚だ。それは、結局は笑いに含まれる知性の延長線上にあるものだと思う。

(2017・9・28)

芸人さんの感覚知

このあいだ、フジテレビの「ワイドナショー」に出演してきた。ダウンタウンの松本人志さんの番組で、東野幸治さんが司会。二度目の出演だが、コメンテーターとしてご一緒したT.M.R.の西川貴教さんが面白かった。いきなり叫んだり、とリアクションが常に大きい。

そんな西川さんに加え、お笑い芸人のバカリズムさんと共演したのだが、組織人の多い日本で、個人の実力勝負の世界はやはり魅力的な人を育てるんだということを思った。

今回、芸能ネタに交じってちょっと硬い話題として取り上げたのが「テロ等準備罪法案」だった。収録日は、ちょうど衆院法務委員会で採決が行われた日だった。

番組の中で、私はこの法案はツメが甘いと思う、と言った。パレルモ条約に入るために、犯罪組織集団による準備罪を整備しなければならないというのが政府見解なのだが、棚晒しになっていた長年の懸案にしては、法務省作成の資料を含めて十分練られていない。法案に粗さが目立つのは、政治家も官僚も実は関心が低いからなのだろうか。条約のために体裁だけ整えたい、というのが本音に見えた。

かつて、この法案によく似た「共謀罪」の政府案が審議されたことがあった。当時野党の民主党は修正案を出したが、それを与党が丸呑みしたのに採決を欠席したことがあった。今回の議論を見ても、戦前の治安維持法の復活と批判するなど、野党には均衡を失した対応が目立つ。この法案のまずさは、治安維持法のような性質にあるのではなくて、法の裁きの均衡性が壊れてしまうところにあるのに。

なぜ、新たな犯罪構成要件を作らなければならないのか、ということにあらためて着目すれば、間口を広げすぎたこの法案の粗が分かってくる。本来の目的は、テロを阻止し、その資金源を断つための国際協力を可能にすることだった。「テロ」は古今東西、国家の敵だ。テロは平和と秩序を壊すのだから、社会の多数派にとっての敵だと言いかえてもいい。だからこそ、過剰な裁きも生まれやすい。一度敵と見做されれば、人権を無視してでも取締りが強化されがちで、思想や民族的特徴などが事前選別の対象となってしまう。現にアメリカで起きているのはそういうことだ。「国家の敵」が実社会に存在するであろうことは間違いないのだが、処罰を強化する対象を無差別テロからどんどん広げてしまうと、結局何によらず行政の都合が優先され、強権を与えることになってしまう。

日本では、不均衡な裁かれ方を目にすることがある。例えば、ほとんどの企業人の背任や粉飾決算は裁かれないか、ごく軽くしか裁かれない。しかし、ホリエモンには社会的制裁を求める声が強かった。厳しすぎるほどの制裁を受け、実際に檻の中で生活した堀江さんは、この経験から公権力の行使は抑制的であるべきだと思うようになったと述懐している。こうした貴重な証言に比べると、野党は物事の本質に向き合わず、質問は揚げ足取りの域を出ていない。

興味深かったのは、番組で流れていた空気が、この法案に寛容なものだったこと。野党が感情的な反応に終始しているために、いわば「リベラル疲れ」が出たのだろうと思った。実力主義の芸人さんには甘さはなく、野党の党利党略を見抜いてしまうから。

けれども、野党の対応が感情的だからといって、こういうツメの甘さを咎めないのもいかがなものか、と私は思う。そう言ったところ、それなりに納得感は広がった感じを受けた。

法の裁きの均衡性というのは難しい概念だ。お茶の間の雰囲気を左右する芸人さんの感覚知は素晴らしいけれど、私の役割は何かというと、きっとそこに分析や新たな視角を提供することなのだろうと思う。

（2017・6・8）

ポピュリズム批判をする前にできること

ポピュリズムを題材としたシンポジウムに登壇してきた。会場は日本プレスセンターで、マスコミのＯＢＯＧや現役の記者の方々がたくさん座っていた。政治学者の水島治郎さんが講演をした後、私を含むパネリスト四人と司会の方で語り合った。

水島さんのポピュリズムの評価に関するお話はいちいち的確で、さすがだなと思った。お話の中で重要な点を抜き出すと、ポピュリズムには弊害もあるが、一概に「悪」で困ったものだという考えはあやまりである、ということ。また、近年は大衆迎合主義という訳が定着しているけれども、本来は人民主義であって、日本の報道におけるポピュリズムの解釈はニュアンスがずれているのではないかということ。

人びとが集まってポピュリズムについて話す、ということには、はじめから嫌な感じがつきまとうものだ。自分たちはポピュリズムに流される大衆ではないと表明しているようなものだから。今回はその嫌な感じを極小化しつつ、深く議論できた気がした。

エリートによるポピュリズム批判とは対照的に、論壇や文化人系のイベントでよく見られる市民目線のアプローチがある。政治を民衆の手に取り戻そう、という主張に代表されるもの。これはエリート主義とは真逆なようでいて、同じく紋切り型の姿勢であるのは変わらない。政治はすでに大衆のものとなっており、いわゆる市民目線の活動は反権力側の政治のひとつの中心となっているのだから。

この秋の衆院選では、アーティストたちが次々と支持する政党を明かし、SNSで盛んに意見を表明していた。それを見て、政治と距離を置いてきたはずの人びとが政治化されはじめているのを感じた。政治化された人たちのツイッター上での言論には、とりわけ熱がこもっている。それ自体は政治意識の高まりで、よいことなのかもしれない。ただ、その割に、当人たちは自分は相変わらずか弱い存在で、正しいことをしているという気持ちが強いので、自分の言論で誰かを侵害してしまう可能性については無自覚なことも多い。

例えば「誰か」を他者あるいは違うグループとして設定し、攻撃したりあげつらうことはすでに政治的な行為だ。最近では、さまざまな物事に政治性が付与されるようになった。例えば、ファッションに政治性が付与されるようになると、美しいとか、着たい、という気持ちよりもその象徴性が重要になってくる。創作者が思想やその表現について「説明責任」を問われるようになったのは、ごく最近の流れといえるだろう。

ファッションの政治化は、有名人のファッションを極端にバッシングするといったかたちであらわれている。『ハリー・ポッター』シリーズでハーマイオニー役を演じた少女、エマ・ワトソンさんを覚えているだろうか。有名大学に進学し、『美女と野獣』の実写版映画では主役を務めるなど実力派女優に育っている。彼女は三年前に男女平等のための国連親善大使に任命され、演説を行った。自立する若い女性のロールモデル的な存在として期待されたのだろう。しかし、案に相違して彼女はバッシングに晒された。日頃一流ファッションを身にまとい、セミヌードのアート写真をファッション誌に載せるような「女優ごとき」がこうした活動をすることをバッシングする、心ない「フェミニスト」たちがいた。自分は性を売り物にしておきながら何を言ってるんだ、と。

ところが、子役の頃から世界中の注目を浴びながら道を踏み外すことなく、学業成績も優秀だったエマの精神力は強靭だった。押し潰されることなく、すぐに柔らかく反撃した。

美しくありたいという感覚や、恋愛をしたいという気持ちと男女平等とは、まるで矛盾するものではない。私たちは女性性を隠したり否定したいのではなくて、女性としてあるがままにいても蔑視されず、嫌がらせを受けることなく平等に遇されるべきだと。いい、染み込むような言葉だった。女性は男性と違って、他人の目を常に気にせざるをえない状況に置かれて生きている。それが悲しみに繋がることもあろうし、ときに自己嫌悪に陥ることもあるだろうけれど、愛や美に憧れる気持ちを否定する必要はない。

社会が息苦しいのは、そんな自然な気持ちで生きているだけで攻撃してくる人に満ちているからではないか。おそらく、いま個人に必要なのは、ポピュリズムに対する大上段からの分析を学びに行く以前のことなのかもしれない。他人を攻撃する人びとから離れ、穏やかに楽しく生きる術を見つけること、だろうか。

（2017・12・21）

いま世界にある二つの対立軸と四つの陣営

イギリスのメイ首相が選挙を前倒しにする博打に打って出たが、結果的に議席を減らしてしまった。イギリス政治はなかなか安定しない。先日、ある研究会でイギリスのEU離脱をめぐって議論になった。トランプ現象もそうだが、「エリートがこれまで見えていなかった世界がある」という意見が多かった。

エリートは通常エリートのみと付き合って生きている。それぞれ違う世界に生きているのだから、意識的に努力しなければ外の世界は見えない。「田舎のネズミと町のネズミ」という童話がある。これは二匹のネズミがお互いを自分の住処に招待して、どっちが暮らしやすいかをめぐって意見がまったく折り合わなかったというお話だ。田舎と町どちらが住み良いのかと聞かれても、別に正解があるわけではない。ライフスタイルの違いは折合いが難しい。文化の違う人同士がいかに互いに理解しがたいかを示しているたとえ話だと思う。

しかし、いまエリートが右往左往しているのは、知らない世界の存在に気づいたからではない。今まで無関係だと思っていた人びとが自分たちの生活に影響を与えるかもしれないことに驚いたからだろう。このような衝撃は、ある日いきなり天から降ってくる。異質な集団とも折合いをつけて共存しようとする努力を忘れてしまったとき、こういうしっぺ返しがやってくることになる。

煎じ詰めれば違う人間なのだということになるけれども、それはいまに始まった話ではない。違うことといえば、世界全体が変動期に入っている結果として、人びとの対立軸が変わってきているのだ。たとえば、冷戦中は左右対立が主な対立軸だった。仮にどんなに政策が似ていようが、そこには厳然と分断が横たわっていた。冷戦が終わると左右対立の意味が薄れ、もはや誰も大声でイデオロギーを叫ぶ必要がなくなる。そうすると、どれほど富を分配するかによってしか政党に差が出なくなるから、「格差」が注目され始めたという流れだ。

いま、欧米には二つの対立軸が浮上しつつある。一つはグローバルに生きているか否か。もう一つは、経済的にどれほど成長あるいは分配を重視するか。その二つをタテヨコに組み合わせると、四つの陣営ができる。金融街や多国籍企業の経済人はグローバルに生きながら成長を重視する。地場産業の勝ち組は、ローカルに生きながら成長を重視する。貧しい人びとや地場産業の負け組はローカルに生きながら分配を重視する。そして、エリート官僚や学者はグローバルに生きながら分配を重視する。

この四つの陣営のうち、少なくとも二つ以上の支持を集めないと、政権は取れない。そして、圧倒的に多くの有権者はローカルに暮らしている。分配を重視するリベラルな自分の政党の支持が、多くはローカルな有権者に支えられていることを知らなければ、学者やエリート官僚は現実を見誤ってしまうだろう。

人びとの世界観は、後天的に出来上がる部分も多いのだと思う。どんな職業についているか、どれほど豊かであるかによって見ている世界も違うし、価値観も変わる。単独の陣営がその国を支配してしまったら、経済が破綻するか社会の安定が損なわれるかして、いずれにせよ選挙で手痛いしっぺ返しを食らうだろう。

ＥＵ離脱を選んだイギリス社会への戸惑いは、グローバルな生活を営む分配重視のリベラル陣営が、他に少なくとも三つの勢力があることを的確に認識できていなかったことの裏返しといえるのかもしれない。

どれかが偉いとか絶対的に正しいというわけではない。どんなにローカルに生きているつもりでも、消費者としては生活の根っこでグローバルな世界と繫がっている。一方で、グローバルな競争にさらされることでローカルな産業が打撃を受けることもある。世の常として貧富の差はあるし、ほんとうは成長の分け前をもらっている人は、分配だけを求めて成長を軽視しがちだ。

民主主義は、そんな多様な人びとが共に生き、全体の幸せを何とか少しずつ増やしていこうというものではないだろうか。

（２０１７・６・29）

コラム 5

お友だちってどうやって作るの？

娘が小学校に上がった。自分で選んだ重い紺の革のランドセルに、毎日真剣な顔つきで教科書や持ち物を入れ、お道具箱や、さんすうセットに一つ一つ名前シールをはる。

子どもが保育園に通っていた長い六年間、私は少しずつ成長していく娘を見ながら、決まりきった生活に慣れてしまっていた。だから、入学前にそれこそおおさわぎをして買い物をしたり、名前を付け忘れていないか確認したりして、久しぶりにしんどい思いをしたのだった。給食袋という懐かしい響き。よく、帰ってすぐに洗濯に出しなさいと母に怒られたっけ。

子どものランドセルの中で筆箱がカタカタ言う音を聞きながら、葉桜になった並木道を歩いて送っていく。早起きをして歩くことがこんなに楽しかったことにあらためて気が付く。冷たさのない風が吹いて、あちこちに春の匂いが満ちている。学童から帰ってくる娘を途中まで迎えに行き、帰る道すがら、今日どうだった？と聞いた。すると、担任の先生の髪が長くて素敵だとか、校庭に池があることとか、近所であることが判明したY君がこっちを何度も見たとか、ひととおり順不同に出来事を話してくれた。立て続けに話したあと、エレベーターに乗り込むと考え込んでいる。

黙っていた娘が、ねえ、ママ、お友だちってどうやって作るの？と聞いた。そうねえ、やっぱりまずはお名前を聞くのがいいんじゃないかしら、まず自分の名前を言ってからね、と答えてからそのつづきを考えて、私はなんとなく胸を衝かれた。

私は一年生の時、お友だちの作り方なんて考えたことがなかった。茅ヶ崎で通っていた幼稚園から何人も同じ小学校にはいって、いままで、りえちゃんとかともちゃんとか呼んでいたお友だちを、谷沢さん、と名字で呼ぶようになったのが得意で、呼んでみては笑い転げた。商店街にあるお米屋さんのお嬢さんがもう一人の親しい友だちで、よく小学校の帰りに彼女の家に寄り、上がり框《かまち》に腰かけておしゃべりをしていた。藁色の紙でできた重たい米袋の匂いをいまでも覚えている。コメ糠のほんのり甘い香り。

それが二年生のときに平塚へ引っ越すと、まるで知らない人ばかりで、私は初日に途方に暮れた。休み時間にだだっ広い校庭の鉄棒のところへいって、背中を押し付けてみんなを見ていた。ぶらぶら鉄棒を握っていると、鉄の錆の匂いがした。手の平を嗅いで、ぎゅっぎゅっとカーディガンでこすったけれどとれなかった。

仲間に入れて、とかお友だちになって、とかそういう素直なことばは私の口から出てきたことはなかった。お友だちがほしい。さびしい。そう切実に思っていたはずだけれど、その「お友だち」は道にチョークでいくつも丸を書いてけんけんぱをした、りえちゃんとともちゃんや、あやのちゃんであって、ここの子たちではない気がした。

ようやっと友だちらしき子ができると、母はお家に招きなさいと勧めた。二年生のクリスマスにはサンタさんが大奮発をして、幼稚園の頃からずっとほしかったバービーのセットをプレゼントしてくれたので、私はそれに夢中だった。母がそれを畳の部屋において、麦茶とバウムクーヘンを出してくれた。

じゃあごゆっくりね、と言って襖が閉まると、その子はもじもじとして変な笑い方をした。私たちは結局黙々とバービーで遊び、だんだんくつろいでお菓子を一口食べ、ややあってその子はうち帰る、と言って帰っていった。

　またいつでも遊びにいらっしゃいね、と玄関で言う母の脇に立って、私はなんとなく恥ずかしかった。友だちが欲しい、なんてさもしい気がした。母の、やさしいけれど他人行儀な礼儀正しさが邪魔だと思った自分もいやだった。

　あの日からいろいろあって、それなりに仲の良い子もいたし、仲間はずれにされたり、いじめられたこともある。でも、三七歳になっても、すなおじゃない私、ひとと距離を作ってしまう母と同じ私を根本から変えられたわけではないと思う。だんだんと人生を重ねるうちに、裏切られても失望してもいい、周りのひとを愛すると決めたのだけれど、それはどこか背中のこわばった態度でもある気がする。

　お友だちってどうやって作るの？

　娘の一言は、人間というものに対する信頼だった。私はちょっと目じりの涙を拭って、ご飯食べようか、と言い手をつないだ。


（２０１８・７）

第6章　子どもに寄り添う　子どもと向き合う

大人だから頑張れるでしょ

フジサンケイグループから賞をいただいた。特にテレビでの言論活動についてのご推薦だったという。

贈呈式には娘と出席することにした。会議を終えてギリギリに控室に滑り込んで、各所にご挨拶をしているうちに、娘が夫に連れられて到着した。

これから入学する小学校の保護者説明会に出て、娘を保育園で拾ってきてくれた夫は、今日は裏方として甲斐甲斐しく娘の世話を見ている。娘はまるで旅芸人の子どもみたいだ。地方講演に付いてきたり、メディアのみなさんに可愛がってもらったりしながら育っている。偏った育ち方だとは思うけれど、親は選べないのだから仕方がない。

花道の前で佇んでいると、私を紹介するスライドショーが流れ始めたので、ちらと傍らの娘を見た。彼女は家族紹介で自分の写真が大スクリーンに現れたのを見て、緊張した面持ちである。番組収録や授賞式のような派手な舞台では、いつものように恥ずかしがってはいられないので、ふつうではない事態をふつうな顔をしてやり切らねばならない。まともな神経をしていたらやはり乗り切れないだろうと思う。

しかし、私の心配をよそに娘はちゃんと泣きもせずに花道の「行進」に付き合ってくれた。終始えらい子で通している娘を見ながら、大きくなったときにこの体験をどう振り返るのだろうと思った。大好きなお花をもらい、方々で褒められて単純に喜んでいるように見えて、六歳の彼女はそれほどナイーブではない。すでに、裏の事情に薄々気付いているからだ。

この一週間、「ワイドナショー」での発言の炎上事件で、自分の母親がどれだけ多くの匿名の人間から罵声を浴びたか。なぜ、自分がいい子にしなければいけないのか。反発を受けないことは不可能だ。政治的なものを論じようとすれば、あるいは観察対象である社会に変化を加えようとすれば、当然陣営対立に巻き込まれて罵声が飛んでくる。

壇上にあがってもまだ、私は何を話すかを決められないでいた。順番が来て、マイクを前にして感謝を述べたあと、ややあって私は娘のためにスピーチをしようと思った。

左右対立が根深く巣食う社会が、憎しみにばかり囚われていること、揚げ足をとられても弁解する必要はなく、本当に自分が言いたかったことを発信しつづけるのが最良の道だと思うこと。そうすれば多くの人はいつか分かってくれること。言論は多様でかつ大衆に開かれたものであるべきということ。どんな人でも戦争を避けたいという思いは一致しているはずであること。私たちはみんな同じ、子どもを産み育て、あるいは見守り、死んでゆく無力な存在だということ。

宵っ張りをして、ようやくベッドに入った娘を上掛けにくるんでやると、急に彼女が言った。「ママ大変だったたね。だけど大人だから頑張れるでしょ。子どもでこんな頑張れる子いないよ」。やはりあなたは無理をしていたのだろう。けれども、その分成長した。そして、いつか思い出してくれるかもしれない。盛大に祝ってもらったあの日、世間の一部に深く憎まれていた母親の身の処し方を。

（2018・3・15）

裏切られることの恐怖

日ごろから暑苦しいほどにまでタフな友人とお酒を飲みにいった。何のきっかけだったか、お母さんの思い出で一番記憶に残っていることは何かと彼に聞いた。

その人は少し考えてから答えた。たわいもないようなことかもしれないけれど、一つだけ鮮明に覚えていることがある。ある日、これまでにないほどきつく叱られて、自分は本当に母親に嫌われたのだと思い込んでしまったことがあった。しばらくして、意を決して母親のもとに謝りに行くと、母親が強く抱きしめてくれた。その安堵感を覚えている、と。

過去の思い出の断片は、いまの私たちを構築している。何とはなしに話しているなかで、ふと思いついたのがどうしてその瞬間だったのか。考え出すと、彼も疑問を持ったようだった。怒られたときの思い出はたくさんあるはずなのに、なぜあの日の出来事だけ俺は鮮明に覚えているんだろう。

それはきっと、彼にとっては信じる人に見放され裏切られることが一番根源的な恐怖だったからではないかと思う。その恐怖がいまも変わっていないからこそ、抱きしめられた情景が断片として残っているのだろう。母親に叱られたときの恐怖が本物で、しかもそれを彼は信頼の裏切りであると考えたということだ。今日に至るまで、おそらく裏切られることへの不安という問題は彼の中で解決していないはずだと思う。

なぜ、信じた人間に裏切られることがそこまで恐いのか。人は、自分の人生の一部を、自分という存在の確かさを、家族や友人など信頼した人間に分有してもらって生きている。人間は本当には一人で生きて行けず、話を打ち明け、自分の感情をあらわすことで、他者を取り込んで自分の空間や時間を作っていく。彼らに裏切られたと感じたとき、自分の存在まで不安になってしまうのは当然だろう。

それに、人間は見返りなしに、誰かを信じたり愛したりすることができるものだろうか。どこかにそんな聖人がいるのかもしれないが、私にはどうしてもそうは思えない。

いま、元うたのお兄さんが歌った「あたしおかあさんだから」が炎上している。その歌詞を耳にして、自らの身を顧みず尽くすお母さん像をおしつける呪いのように感じるという意見が多かった。私も正直なところ、歌詞をみてつらかった。

炎上したのは、歌詞が下手で感動を呼ばなかったからではない。むしろ、ほんとうに心を衝く作品なのだが、男性がそのような歌詞を書き、男性が歌ったからだろう。

この歌詞は、リアルすぎたのだ。そこには、男性にはおそらく分からないであろう不穏な雰囲気がこもっている。無償の愛を注ぎ、疲れ果て、夫たちができないほどの限界ぎりぎりのさらにもう一押しの努力を馬鹿力で生み出してしまう母たちが経験した狂気が、ひそんでいる。

そこまでの無償の愛と個人の幸せの共存などありえない。母たちだって自分が注いだ愛の見返りが欲しい。自分にも休息がほしいし、睡眠時間が足りないと正常に物事を考えられなくなるのだ。子どもを愛する親は、彼らの小さなズルやエゴも含めて許容しながら、手のひらに収めて愛し、満足している。ただし、子どもがその支配から逃れようとした瞬間に、親と子の間には軋轢が生じてしまう。

さらに、夫婦間では、献身と見返りのバランスが子どもとは異なるのが普通だ。子どもには身を削って尽くすことができても、配偶者に対してはできない人が多い。だから、一見尽くしに尽くしてきた女たちには、自分はこのために頑張ってきたという何らかのストーリーがあるものだ。人生を共有してきたストーリーが崩れる時、信頼関係はむしろ憎しみに変わる。子を生すほどの関係でありながら、憎しみあう夫婦が出来上がってしまう理由はそこにある。

夫婦がちくっとお互いに嫌味を言いあうのはなぜなのかといえば、相手に与えた分が返ってこないことを問題視して、嫌味による債権の「取り立て」を行っているからなのだと思う。

仕事上の関係では決して言わないようなことを相手に投げつけてしまう夫婦関係というのは決していいものではない。だから、これはぜひ功利主義で解決すればいいと思う。世間で振舞っているのと同じように、家族にも振舞えばいい。

飲み会で友人に話を聞いてもらいたい時には、自分も程よく聞き役になるように、「良い関係」を維持するための気遣いをすればいい。人生の多くを共有する夫婦のあいだにだけ、功利主義が介在しないというのもおかしな話なのだから。
功利主義というのは、言い換えれば思いやり。自分がされたいことを相手にする。不安を解消するには、まず愛するしかないのだと思う。

（2018・3・1）

震災のあの日、起きたこと

目の前に綺麗に四分の一を切り取られた洋ナシがあった。うちの子が大好きな、柔らかくねっとりとした実。習い事のあと、父親の帰りを待つあいだナニーさんに大好きな生ハムと洋ナシを先に食べさせてもらっていたのだった。ナニーさんは、四分の三の断面に几帳面にラップを貼りつけ、冷蔵庫の真ん中の段においていて帰ったとみえる。

サーバーから水を一杯汲んで飲むと、キッチンでしばらくぼうっと考えた。四分の三がきちっと残されているその情景は、なんとなくそのまま素通りできないものだったから。娘の部屋に行き、「遅くなってごめんね」と寝ている子をそっと抱きしめた。小さな身体の温もりが嬉しくて、服のまま潜り込んでしまい横になった。

穏やかな呼吸を脇に感じながら、あることを思い出した。この子がお腹に宿ってくれたときの、喜びと恐怖を。

二〇一〇年の春に早産で長女を失って暫くすると、私は空っぽのお腹を毎日意識した。赤ちゃんがほしかった。お腹に子どもがいる感覚を取り戻したくて、そしてこの手にぷくぷくとした新生児を抱いてみたかった。一〇月、待ち焦がれていた結果が旅行先で判明した。その喜びは、恐れのはじまりだった。

秋冬を通じ、私は悪夢にうなされつづけた。毎朝、金縛りにあったようになって、悪夢から飛び起きてもすぐには動けずにいた。いつも涙を堪えていたから、喉の両脇が痛んだ。目はぼんやりと霞み、両耳はよく聴こえなかった。

防衛本能、だったのだろう。きっと無理にわが子の死を受け入れようとして心の態勢を作り出そうとしていたのだと思う。けれども、日一日と育っていく赤ちゃんが力強くお腹を蹴るようになり、私は再び強くなった。悪夢もいつしか間遠になっていった。

ところが、妊娠二二週目の検診へ行った一月の終わりのこと。子宮頸管がまた短くなり早産の兆しが現れていた。日赤医療センターの診察室をふらふらと出て、どうやって帰ったのか覚えていない。

このあと、私は車いすの安静生活に入った。暗く長い冬だった。しんと冷えた空気の中、すべてが静かに止まったようだった。日に日に大きくなる赤ちゃんの心音だけが、とくとくと時を刻んでいた。涙は使い果たし、ただ一刻一刻、一日が過ぎるのを待つだけ。

久しく外を自力で歩いておらず、体力が衰えてもうずいぶんになったある日。東日本大震災が起きた。スライド式の書架がぐわんぐわんと揺れて、私はソファの上でただ毛布をかぶり、お腹を抱きしめていた。夫はすぐに職場から家に戻ってきた。

しばらくすると、夫の秘書や私の兄弟が歩いてうちに避難してきて、わが家は少し賑やかになった。私は久しぶりに起き出してドーナツを作った。粉砂糖がなかったので、出来立ての熱々に粗製糖をまぶして木のお皿にのせた。秘書のYさんは夫がたまたま東北に出張中で、携帯が繋がらず心配していた。みんなでテーブルを囲み、ミルクを片手にドーナツを齧った。

たくさんの命が失われたその日。無力でちいさな私たちは、互いにこの上なく優しく過ごしたのだった。

（2018・1・18）

私がカンガルーだった頃

昨日、「朝まで生テレビ！」明けで子どもの友だちの誕生日パーティーに行ってきた。子どもたちの大きくなるのが早いこと。〇歳児保育のときから一緒だったお友だちが、来年はみんな小学一年生になる。

娘が生後一〇カ月から半年ちょっとの間、自宅に近いところに転園するまでは、大学に併設された無認可の保育園に入れていた。なぜ大学に無認可の保育園がついているかというと、大学院生などの職業に就いていない人たちも、子育てをしている場合が多く、彼らは自治体の提供する保育所には入りにくいからというのが理由としてある。仕事に就いていなくとも一日、労働時間並みに研究や授業に従事しているのだから、子どもの面倒を見てくれる場所が必要なのだ。いまでも、大学の銀杏並木の下をちいさなお揃いの帽子をかぶった子どもたちが歩いているのを見ると、胸がきゅんとする。

乳幼児をもつ母親はホルモンの影響を受けやすい。本能的に、とにかく一緒にいたくてたまらなくなることが多いのだ。けれども、大家族が交代であやしていた時代に比べると、人手はいない。放っておけば母親一人が子どもにつきっきりになって、本能に任せていたら、髪も洗えなくなる。新生児を抱え、洗髪のハードルが高かったときのことは、よくママ友のあいだでも懐かしく話題にのぼる。

一度大家族の暮らしが壊れてしまったからこそ、両親だけでなく、保育士さんや兄弟、友だちなどから持ちつ持たれつ支援を受けながら育てていく方法を新たに確立しないと、現代の子育ては難しい。ましてや、働く母親にとってはその方法を確立することが死活問題になる。

非正規雇用の私には、育休はなかった。一〇カ月で保育園に入れるまで、私がどうやって育児と仕事を両立させていたかというと、それはもうあらゆるところへ子どもを連れて行ったのだった。そして、迷惑にならないよう建物の中ではなくてキャンパス内のカフェで仕事をした。うちの子は哺乳瓶を断固拒否する癖がついてしまったので、どこへ行くにもカンガルー。娘は抱っこ紐の中にずっと入って生きてきた。

その頃、勤め先の一番の目玉イベントだった国際会議でのこと。私の所属組織は、予算がなかったため、プロジェクト用の秘書や事務スタッフをまったく雇えなかった。そのため、赤ちゃん同伴ですべてのイベントを仕切った。上司は理解がある人だったが、参加者からも苦情が出るどころか、大人気だった。最初はおや？と驚くものの、気になってしょうがなくて、珈琲を取りに来たり書類をみるふりをして、覗き込みに来る。赤ちゃん特有のいい匂いを嗅ぎたくて、ふわふわの産毛を触りたくて。

もっとも優しかったのは中国の教授たち。普段は共産党の目を気にして、官僚答弁のようなコメントが多い彼らが、目じりを下げてあやしに来るのは面白かった。

そしてインド出身の教授。そのあと、子ども連れで彼に会いにシンガポールに行った。アメリカ人と日本人がポリコレの感覚からぎこちなく接したのに対し、心底歓迎してくれたのが中印の学者だったのには考えさせられた。

文明の進歩と一口に言っても、いろいろな側面がある。アメリカでいかに女性の活躍が進んでいようと、ハリウッドのセクハラ告発が進んでいようと、赤ちゃんにやさしい社会というのはまた別物なのかもしれない。
　熊本市議会の女性市議が赤ちゃんを議場に連れ込んだとき、多くの人は世間を騒がせたことそれ自体に眉を顰めたようだ。けれども、昔の日本はもっと子どもに温かい社会だったのではないだろうか。中途半端な西洋化も、良し悪しとは思う。

（2017・12・14）

師走が来ると思い出す、姑ミス・ダイアンのこと

師走が近づいてくると、もう年内の仕事は終わったような気になってしまって、そわそわとする。本当はあれこれやらねばならないことが残っているのだけれど、至らない自分自身を許して、世界を優しい善意に満ちた目で見てあげたい気になる。これは子どもが心待ちにしているクリスマスがあることも大きく関係しているのだと思う。

クリスマスの準備にかかるのは、生のモミの木が売りに出される勤労感謝の日あたり。以前はフルーツケーキの作り置きやらずいぶんと大掛かりに準備をしたが、最近はせいぜいツリーを飾り、リースを作って、娘と一緒に堅焼きクッキーを焼いておくことくらい。

私がちいさい頃、家ではクリスマスを本格的に祝っていた。キリスト教徒だったわけ

ではないけれども、母はミッション系の学校を出ていたし、祖父母がカソリックに入信したこともあって、一番身近な宗教はカソリックだったのだと思う。父は毎年、生のモミの木を庭から鉢に植え替えた。庭の日当たりが悪くて年々しょぼしょぼになっていくモミの木を、私たちは大騒ぎして飾り付けていた。今でも、本物のモミの木のつんとする香りが好きだ。

結婚する数カ月前、クリスマスに泊りがけで夫の実家に行った。向こうの両親とは会うのがようやく二度目というところで、他人を家族に迎え入れる側も、単身で乗り込んでいく側も、お互いに緊張気味で警戒心ばかりが先に立っていたように思う。これから姑となる人は真剣な顔で、クリスマスはいつもあなたの家ではどうしているのかと聞いた。こんな風にやっています、と言うと安心したようで、それが後から考えればゴーサインにつながったのかもしれない。彼女は南部育ちのアメリカ人だった。

この季節が来ると思い出すのは、その姑ダイアンのこと。彼女が亡くなった後に生まれた娘は、もうすぐ七歳になる。ダイアンの性格を一言で言えば、家族第一が信念の人。ふだんは鷹揚ながらも家族に対する愛情は激しく、いったん何かを決めると手に負えないほど頑固な人でもあった。

私とは大人どうしの関係で、決してべたべたすることはなかったが、二人で話をするときはいつも、家族の話題だった。

アメリカの南部では、一家の女主人に敬意をこめ、ファーストネームにミスをつけて呼んでいた時代があったという。婿や嫁たちはみんな、ダイアンの母をうやうやしくミス・エロイーズと呼んでいた。一九四六年生まれで、六〇年代から七〇年代に青春を送ったダイアンは、日本人留学生と出会って結婚して以来、四〇年近く日本に住んだ。

その間、アメリカはもちろん、南部も激変した。もうつばの広い帽子を被り白い手袋をはめて教会に通う人びとはいなくなり、姑をミス・ダイアンと呼ぶ人もいなくなった。

私はそんな彼女の願いをくみ取り、最後までミス・ダイアンと呼びつづけた。一緒にアメリカにいるときには親戚にさえ変な顔をされるし、北部を旅しているときは、みんなミスを未婚女性の呼び方だと思っているから、なおさら面映ゆかった。

しかし、そんな一定の距離をとって付き合ってきたダイアンと私が、ほんとうに家族になっていたことに気がついた瞬間があった。

私が長女を死産したあと、彼らは心のこもった言葉をくれたが、夫の予想に反して上京はしなかった。ダイアンはかつて、花ちゃんという二番目の子をお産で失っていた。

お腹に新たに授かった命を抱えて帰省すると、大人だけのクリスマスは以前より更に静かだった。お祝いの準備もよりささやかになっていた。山に落ちていく夕陽を見ながら、私はふと、二人の間に言葉が必要なくなっていることに気づいた。

ミス・ダイアン、呼びかけて私は少し躊躇った。コーヒー淹れますけど。彼女はああ、いいねと言った。

寒いから。そう言ってよっこらしょと立つと、彼女は雨戸を閉めに行く。重いしわぶきがひとつ、ふたつ聞こえて、そしてまた静かになった。私は最後の蒸気が出るのを待ってコーヒーサーバーに手をやる。そうやって、師走の晩が更けていった。

（2017・12・7）

結局は限りなくひとりである——

友人の家族と自宅でひとしきり賑やかに深夜まで過ごしたあと見送って、ひとり、締め切りに遅れてこの原稿を書いている。ワインをやめてスコッチを注ぎ、パソコンをいったん開いて、スピーカーから流れる映画『The Hours』（邦題は『めぐりあう時間たち』）のサウンドトラックを聴きながらしばらく考えごとをしていた。

悲劇を予感させる音楽。それでいて、自然でのびやかな広がりのある旋律。この曲を聴いていると、身体や心の奥の方から動かされる感覚がある。単純に、素晴らしいといってよいのか躊躇われるような楽曲だ。

この映画は、作家ヴァージニア・ウルフの一日と、彼女の小説『ダロウェイ夫人』にまつわる、異なる時代に生きる女性たちの一日を描きだすもの。それぞれに異なる理由から追いつめられた女性たちが、息子や夫、元恋人などとまみえ、互いの指先に触れるほど近づきながらもやはりその手を摑むことができずに、自らを蝕む深い孤独の中に落ちていく。

ヴァージニア・ウルフは常に生死のギリギリの境目、正気と狂気のギリギリの境目にいた人だった。繊細な彼女のために夫が用意してくれた田園地帯での生活環境を拒絶し、最終的には入水自殺する。正直、ニコール・キッドマンが（特殊メイクが奇異に映るとはいえ）これほど深くヴァージニア・ウルフを表現できる人だとは思わなかった。本当に骨の髄までひとりであるという感覚を味わった人にしか出せないものを出していたから。

世の中には、人を深く観察すればするほど、人を愛すれば愛するほど孤独になっていってしまう人がいる。ヴァージニア・ウルフは、そういう女性のひとりだったと思う。妹の精神状態を案じて彼女のもとを訪れる姉ヴァネッサは、きちんとヴァージニアのことを気に懸けているのだけれど、妹から向けられる愛と関心の強さにたじろいで、逃げるようにロンドンに戻ってしまう。姉一家の滞在中、死んだ小鳥を甥や姪と埋葬するヴァージニア。死ぬとなぜか小鳥は小さく見える。死ぬとどうなるの？と問われて、ヴァージニアは時間をかけて考える。そんな子どもの問いに深く考え込むような大人を受け入れる場所は、ロンドンの社交界にも、田園地帯にもなかった。

彼女の夫からすれば、どうすれば君を救えるのか、と肩を揺さぶって聞きたかったことだろう。これだけ大事にして、愛しているのにそれでも足りないのかと。

しかし、ヴァージニアからすればその問い自体がナンセンスだ。彼女にとって、人間というものを観察しつくし、吸収しつくす環境以外に生きる場所はなかった。たとえそうした刺激的な環境に身を置く日々が、自らの精神をより早く蝕んでいくとしても。

精神的疾患やトラウマを持つ人にとって、桃源郷に身を置き安らかに過ごすことが必ずしも癒しをもたらすわけではない。なぜなら、病んでいるのも孤独なのも自分だから。人は自分自身から逃れることはできない。

今日のように、友人家族の明るいさまを見ると、自分はこうした幸せには余分な何かを抱えて生きているんじゃないか、と思う。家族を愛していても、結局は限りなくひとりであるという事実がそこにある。

しかし、人間は結局はみんな孤独だ。その事実と常に向き合うかどうかは人によって違うにしても。そう思えば、結局はその余分なものを抱えたまま周りに優しくあることしかできないのだと気づく。パソコンの画面をそっと閉じて寝に落ち、また次の朝目覚めて歩んでいくために。

（2017・9・14）

ごめんね、ママが見つけてあげられなくて

一四歳になる犬が失踪した。クリーム色に茶混じりのふわふわの毛のオスのチワワ。週末、軽井沢の別荘にきていて、いつものように土曜の午前中は庭でもう一匹のテトと遊んでいたのに、なぜか帰ってこなかった。年を取って目も耳も利かなくなったせいだろうか。何年もいて知り尽くしたはずのこの土地なのに、ふらふらと外へ彷徨い出て迷子になってしまったのだろうか。

「ニルス！」と名前を呼びながら、あちこち探した。けれども、日が沈むと私たちの住む山は真っ暗闇に閉ざされる。山にいるということの意味をこれほど痛感したことはなかった。大雪に降りこめられた時も、ここまで怖くはなかった。薪や灯油に多少の備蓄があり、水があれば怖いものはないと考えていたから。

ちいさな頭で何を考え家出したのかはわからないが、見つけてやらなければ私は保護者失格だ。同時に、彼の名を呼びながら、もう帰ってこないのかもしれないとなんとなく感じていた。最近のニルスの、外界に関心を失った諦めたような表情。若い時分の無邪気さはとうに去って、ちいさい犬なりに人生を悟っているようだった。

結婚してはじめて完全な自由を手にし、私が最初にしたことは、ニルスを飼うことだった。その頃は飯倉片町にあったペットショップのZOOで目が合ってしまい、そのまま連れて帰ったのだ。

ニルス一匹だけだったときには、しょっちゅうベッドにいれて寝ていた。鳴かないようにしつけて犬用バッグにいれ、大学院の授業にも連れて行った。いつだったか、私が東大構内の舗道で犬をバッグから手品みたいに取り出したのを見て、教員が腰を抜かしそうになったことがあったのを覚えている。外務省やコンサル会社時代の夫はとても忙しかった。だから、当時暇だった私はずっとニルスといたのだった。

本を読んでいても集中できず、ニルスの不在で胸が圧し潰されそうだ。知らぬ間に呼吸を止めていたことに気づき、肋骨を動かして大きく息をしてみる。

この感触は、子どもがお腹にいた時と同じものだ。頼りない自分が、ちいさな命を預かっているという不安。生きていてくれるのか死んでしまうのかわからない怖さ。六歳のころ、生まれて間もない弟をはじめて自分の手で抱いたときに感じたあの誇らしい責任感は、この子を絶対に守る、という決意みたいなものだった。『となりのトトロ』のビデオを見て、弟がいなくなったらどうしようと思うたび、私はぎゅっと弟を抱きしめた。そしていま、私はニルスを見つけられないでいる。

おととしの八月は、トトロからとって「めい」と名付けた女の子のチワワが病死した。いまも鮮明に思い出すことができる。あの日も、軽井沢に娘と二人きりでいた。苦しそうだったので、慌てて病院に向かい、あと一ブロックで着くという時、助手席で深い溜息が聞こえ、そして息を引き取った後の静寂が訪れた。夕闇が迫る中、篠つく雨に打たれながら、私は鍬で庭に穴を掘り、黄色いレインコートを着た娘が、めいを紙箱にいれて抱え、立っている。「ごめんね」は聞いてくれる相手もなく、雨音の中に消えていった。

ごめんね、ママが見つけてあげられなくて。

（2017・8・17／24）

果てしない夢のあとで

暑い夏がくると、都心の人工的な空間に住んでいても日本を感じる。湿気と蚊はとても温帯地域とは思えないくらいだし、そもそもワンピースとピンヒールでアスファルトを歩くなんて土台無理なところへ、さらに立ち上る熱気が加わる。日本の夏は暴力的だ。

暑さと湿気は、都会人から上辺をはぎとる。茹だるような夏には、目を瞑るとふいに田舎の風景が蘇ってくる。昨日、丸の内のカフェで思い出したのは、田んぼの真ん中にある平塚の家に引っ越して間もない頃のこと。

ばたばた、とゴムのサンダルで走っていってしゃがみこんだ先には、ザリガニやタニシがいる用水路がある。網を支える針金がぐにゃっと折れ曲がって壊れかけた虫取り網で、近所の男の子がザリガニを乱暴に掬おうとしている。耳を塞ぎたくなるほどのセミの声と、気道を詰まらせそうなくらいの草いきれ。私は早くうちに帰って、サンダルの泥を外の水道で落としたくてたまらないのだけれど、目の前の興味が勝って、いまいち「帰るね」とは踏み切れないでいる。足の親指と人差し指のあいだのゴムの鼻緒がすれるたび痛くて痒くて、帰り道はべそをかいた。

お風呂に入って、畳の部屋に扇風機をかけて寝ころぶと、扇風機が首を振るリズムに合わせるようにして時間がゆったりと過ぎ、夕方が夜になる。そんな、日本各地の家庭で営まれるごく当たり前の夏休みの一ページだ。

無為に過ごしていた幼さが、そうした郷愁を誘うのだろうか。あるいは、ちいさい頃は目に入る周りのものをつぶさに見ていたから、豊かだったように感じるのだろうか。

あのとき、夢見ていたものが何だったのかもよく覚えていない。ただ、あのとき見ていた夢はなぜか果てしないように思われたのに、その漠とした夢よりもずっと大きな幸せを手にしたはずのいま、後ろばかり振り返ってしまう瞬間が私にはある。きっと、何かすごいものが空の向こうにあると思っていたあの頃を懐かしがっているのだろう。

傍らで、娘がママと始める予定のプチホテルを色鉛筆で丹念に描いている。

「ママがお仕事を沢山してお金がたまったら、一緒にプチホテルを始める」のだそうだ。

大人になったら母親と一緒に住もうと思って、私も大きな家の設計図をよく描いていた。ちいさい頃は、母親が将来ずっと自分の伴侶なのだと思っていた。あの頃欲しかったものは、仔馬のための牧場や、五階建ての家。

いま私は欲しいものがあまりない。けれども、娘の大掛かりなホテル計画を聞くのは楽しい。ホテルに詰め込まれる予定の、パン屋やら、ピザ屋やら、本屋、ケーキショップなどたくさんの欲張りな店舗の配置にアドバイスをしながら、夏休みの一日が過ぎていく。


（2017・8・3）

コラム 6

月くんと惑星くん

このあいだ、久しぶりに温泉につかっている間に、いつもの「ママの作ったお話を聞かせて！」というおねだりが始まった。私たちは少し肌寒いくらいの外気の中で、出たり入ったりしながら、たくさんお話をする。学校であったこと、好きなお友だちのこと、空想。中でも彼女が一等好きなのが、ママの作るお話。登場人物の指定から始まって（ムーミンと、リトルミイと、あとお馬と、あたしね）、冒険譚を聞きたがる。とりわけ重要なのが持ち物で、リュックに詰めこむものの説明にわくわくして目を輝かせる。

ただ、その日、私はとても落ち込んでいた。久しぶりに体がこわばって、うまく頭も働かず、ぼろ雑巾のようになっていた。精神に一本しか張り詰めた糸が残っておらず、ぷつんと切れれば手足を動かすこともできなくなるのではないか、という気がしていた。

そういう状態では、身長の倍もある巨大テーブルの上に並んだ赤いつるんとしたゼリーや、赤や青に光る小石の入ったかごや、エメラルド色に光るごわごわした肌を持つ火トカゲの話など浮かんできそうにもなかった。アーモンド形の目をしたネコが誘う、暗く深い森の奥に生えているキノコや、大きな樫の木を取り巻く妖精の輪について、秘密めかした口調でしゃべるだけの元気もなかった。

そこで、私は、夜空を見上げた。ぼんやりと曇った月影がカラマツの枝先に宿っていた。子どもは私の膝の上に座って、尽きせぬお話があふれ出てくることを信じ切った眼差しで見上げている。私は、のろのろと言った。

あるところに、月くんがいました。

そうしたら、次の言葉がスラスラ出てきた。

そして、惑星くんもいました。ふたりは友だちでした。月くんは毎日惑星くんのところへ出かけて行って、遊びに誘いました。

ある日、月くんが惑星くんのうちにいって、なわとびをしようよ、と誘うと、惑星くんはベッドに入ったまま、しくしく泣いていました。なぜ泣くの？と聞くと、惑星くんは、すすり上げながらこう答えるのでした。だって僕のからだは月くんのみたいにぴかぴかつるつるしていないんだもの。黄色く光っていないし、でこぼこで醜いや。

月くんは、それを聞くと一生懸命、惑星くんをなぐさめ、抱き起して着替えさせ、お風呂に入れ、体をブラシや柔らかい布でこすってやり、自分のからだの表面のぴかぴかしたところを剝がして、ご飯粒の残りをつぶしてのりにして、ペタペタペタペタ、はってやりました。すると、惑星くんは少し恥ずかしそうに笑って、鏡に自分の姿を映してみるのでした。その日はなわとびをする時間がありませんでした。

その次の日、月くんが惑星くんのうちへ行き、おはじきをして遊ぼうよ、と誘うと、惑星くんはまたお布団をひっかぶって、ぐしゅぐしゅと泣いているのでした。今朝になったら、惑星くんのからだから、月くんがくっつけてくれたぴかぴかした金の薄紙がほとんど剝がれ落ちてしまったのです。月くんは、自分のお腹のところにぴったりとはめていた、きらきらとした輪っかをとり外すと、惑星くんにはめてやりました。喜んだ惑星くんは、飽きもせず自分の姿に見入り、月くんは惑星くんを見ているのでした。その日はおはじきをする時間はありませんでした。

あくる日、月くんは惑星くんのお家に遊びに来ませんでした。心配した惑星くんが月くんのところへ行くと、月くんはベッドに横たわったままでした。惑星くんは月くんの身体がすっかり黒くなっているのに気が付きました。それまで、月くんの様子に気が付かなかったのです。惑星くんは月くんのお世話に取り掛かりました。月くんを温かいお風呂に入れ、しっかりこすってあげました。お風呂から出た月くんは相変わらず元気はありませんでしたが、幸せそうでした。

その様子を見た神様が、大きな手を伸ばすと惑星くんをぽーんと宇宙に放り投げ、月くんをそっと傍らにおいて惑星くんの周りをくるくるまわれるようにしました。そこで、月くんが太陽の光を受けてぴかぴかと光るたびにうっとりと見とれながら、毎日会えるようにしたのでした。

初め、暗いお話の予感に身を固くしていた娘だが、最後のくだりで納得したようににっこりと深く頷き、「惑星くん、ほしがりだね」というと、ざぶんと熱いお湯に体を沈めた。その夜、私たちは温かい柚子ハチミツを溶かしたドリンクを片手に、ゆっくりと過ごしたのだった。

（２０１８・９）

おわりに——前向きに生きるということ

夫によくナイーブだと言われる。人をなかなか嫌いになれない。本当にいやだったはずのことをすぐ忘れてしまう。いい人ぶっているようだが、人の欠点ばかりが見えてしまうソーシャルメディアの時代にこそ、生きやすい性格なのかもしれない。

傷つかないというわけではない。友だちだと思っていたはずの人の性格が悪かったり、卑怯だったり、というところがよくよく見えてしまうくらいには、私も底意地が悪い性格をしているのだろう。

でも、欠点が見えることと、本当に悪い人に見えるかどうかはまた別のこと。そこまで悪い人というのはあまり頻繁に出くわしたことがない。相手にすぱっと関心を失うことはあるけれど、そもそも生きるために強い憎しみというものを持たないように適応しているのかもしれない。

人間が人を憎んだりじたばたしたりする最大の理由は、期待値が高いからだ。私は、不正義にはちいさい頃から敏感だった。母は共感型で、いつも合わせてくれたが、夫はそうではなかった。むしろ、何を期待しているの?と言われることのほうが多かった。

そこで二〇代のうちは「正論」型だった私は、身の処し方をよく考えるようになった。あんまり言葉を多く発しすぎないこと。人との交流においては、言葉を無駄に尽くすより、腹八分目の方がきれいだということ。これを背中で教えてくれたのは父方の祖母だ。

そして、人は会っていない時に疑心暗鬼になるので、ちょくちょく会っておくこと。面と向かって憎しみをたぎらせる人は実のところあまり見たことがない。どちらかというと激しい対立はツイッターなど実際会っていない場合や、頭の中だけで起こっていることが多い。

だから、前向きに生きていこうと思えば実は簡単だ。自分は自分、というものを崩さずに生きてさえいれば、きっと、もっと楽に生きられるようになる。

炎上することや、激論を呼ぶことが問題だという考え方も別にとる必要がない。炎上したことを自分でしょい込む必要もない。そんなに熱くならなくたって、言うべきことは言えるのだから。

読み返してみて、この二年間にさえ、様々な出来事があったことを思った。水は高いところから低いところへと流れる。時間の経過とともに、私の心や身体を通りすぎて流れていったものごとはしかし、きちんと跡をとどめている。

私の考えたことが、どれだけの意味を持ちうるのかは分からない。けれども、一つの記録として取っておきたい、と思ったのだった。

本書は『週刊新潮』二〇一六年一二月二九日・一月五日号〜二〇一八年五月二四日号に連載された「週刊『山猫』ツメ研ぎ通信」より一部を選び、加筆訂正を加えたものです。また、各章末の「コラム」は『月刊清流』二〇一七年一月号〜二〇一八年一二月号に連載された「命を育むいのちを見つめる」より一部を選び、加筆訂正を加えたものです。掲載号は各項末尾に示しました。

三浦瑠麗　1980(昭和55)年生まれ。東京大学大学院法学政治学研究科博士課程修了。国際政治学者として各メディアで活躍する。『シビリアンの戦争』『21世紀の戦争と平和』『孤独の意味も、女であることの味わいも』など、著書多数。

Ⓢ新潮新書
856

私《わたし》の考《かんが》え

著　者　三浦瑠麗《みうらるり》

2020年4月20日　発行

発行者　佐　藤　隆　信

発行所　株式会社新潮社

〒162-8711　東京都新宿区矢来町71番地
編集部(03)3266-5430　読者係(03)3266-5111
https://www.shinchosha.co.jp

印刷所　大日本印刷株式会社

製本所　加藤製本株式会社

ISBN978-4-10-610856-3　C0236